Lilli in Love

Bibliografische Information der Deutschen Nationalbibliothek
Die Deutsche Nationalbibliothek verzeichnet diese Publikation in der Deutschen Nationalbibliografie; detaillierte bibliografische Daten sind im Internet über http://dnb.d-nb.de abrufbar.

MIX
Papier aus verantwortungsvollen Quellen
FSC® C006701
FSC
www.fsc.org

5 4 3 2 1 18 17 16 15 14

Text: Claire Singer

Umschlag- und Innengestaltung: Grafisches Atelier arsEdition unter Verwendung von Bildmaterial von © Getty Images/Thinkstock /Fotolia

ISBN 978-3-8458-0672-3

www.bloomoon-verlag.de

Claire Singer

Lilli in Love

bloomoon

»Ich habe Freunde gesehen, Geschwister, Liebende, Gatten, deren Verhältnis durch den zufälligen oder gewählten Hinzutritt einer neuen Person ganz und gar verändert, deren Lage völlig umgekehrt wurde.«

Johann Wolfgang von Goethe, *Wahlverwandtschaften*

Lilli, Samstagnachmittag

Lilli tunkte ein Schoko-Cupcake in eine große Schale Milchkaffee, dabei löste sich die Hälfte des kleinen Kuchens und sank auf den Grund der Tasse. Lilli hätte kein besseres Bild für ihr derzeitiges Leben finden können. Zerbröselt in graubrauner Plörre.

Sie stocherte mit einem Löffel in der Tasse herum und versuchte, die Matsche herauszufischen. Mal ehrlich, wer zu blöd ist, Kuchen zu essen, ist auch zu blöd fürs Leben. Wobei, ebenfalls mal ehrlich betrachtet, Lilli nicht wirklich schuld an der ganzen Situation war.

Sie beobachtete eingehend den kleinen Milchkiosk, den ihre Eltern betrieben. Es war Samstagnachmittag, und zahllose Eltern mit Kleinkindern standen in dicken Trauben herum und schlürften Coffee to go, ohne zu gehen. Die Kleinen tobten derweil auf dem Minispielplatz, den Lillis Mutter neben dem Kiosk eingerichtet hatte, mit einem bunten Lattenzaun drum herum und zahlreichen Sitzwürfeln, von denen kein einziger mehr frei war. Um den Spielplatz standen Liegestühle, auf denen alte Eltern oder junge Großeltern, Ein-, Zwei-, Mehrkindfamilien, alle möglichen Patchwork-Konstellationen und viele Singlemütter fläzten, so genau konnte man das bei dem maximal gechillten Großstadtpublikum nie sagen. Dazwischen sausten Hunde an schleifenden Leinen mit Bobbycars um die Wette. Es war eine einzige glückliche Samstagnachmittagssause, und Lilli hätte heulen können, wäre sie eine Heulsuse gewesen. War sie aber nicht, was immerhin ein deutlicher Pluspunkt auf der nach oben offenen Glücksskala war. Sie zwirbelte stattdessen ihre Haarspitzen zwischen den Fingern und nestelte eine Delle in ihr Lieblings-T-Shirt. Bitte schön, anderen ging es noch viel, viel, viel schlechter, zum Beispiel Straßenkindern in Weißrussland oder kenianischen Aidswaisen, Bergbaukindern in der südchinesischen Provinz oder Klebstoffkids in São Paulo.

Doch Lilli hatte altersgemäß keine Lust auf relative Gerechtigkeit, sondern sah ihr Leben als bisher ziemlich einzigartiges Gesamtkunstwerk, das gerade in eine erhebliche Schieflage geraten war. Paps war ausgezogen. Vorgestern. Nein, es war nicht wirklich überraschend, sondern die Konsequenz aus einigen mittellauten Debatten mit Lillis Mutter, bei denen aus unerfindlichen Gründen immer Lillis Mutter das letzte Wort gehabt hatte, meistens kein leises. Lilli hatte fast immer Mitleid mit ihrem Vater und eher selten mit ihrer Mutter, weshalb der jetzige Familienstatus nicht nach ihrem Geschmack war.

Außerdem wusste derzeit niemand, wohin Paps verschwunden war. Vielleicht wäre das alles auch noch gut zu ertragen gewesen, wenn sich Lilli einfach am nächsten Tag darum gekümmert hätte. Kontakt aufnehmen und so. Vielleicht hätte sich dann ihr Vater bei ihr gemeldet und vielleicht, ja vielleicht, wäre dann alles ins Lot gekommen. Schließlich hatten Mama und Paps den Kiosk zusammen. Ihre Lebensgrundlage, wenn auch keine üppige, aber der Urbanisten-Boom der letzten Jahre hatte ein Kioskdasein richtig hipp gemacht, und somit war die ärgste Durststrecke vorüber. Eigentlich wäre jetzt zum ersten Mal seit vielen Jahren Entspannung in der Familienkasse. Und dann …

Lilli hatte es inzwischen geschafft, die Delle im T-Shirt zu einem Loch zu bohren, während ein Bobbycar in ihren rechten Fußknöchel donnerte.

»Luis-Marcel, wie kannst du nur …«, hörte Lilli die Mutter des kindlichen Rennfahrers aus der Ferne rufen und Luis-Marcel streckte vorsichtshalber die Zunge raus. Hinter der halb geöffneten Kioskscheibe sah Lilli ihre Mutter zwischen Espressomaschine, Suppentopf, Mikrowelle und Kuchentheke rotieren. Lilli sollte jetzt in den Kiosk flitzen, um zu helfen, aber irgendwie fand sie die Flocken, die im Rest ihres Kaffees schwammen, viel interessanter. Konnte sie was dafür, dass die zweite Arbeitskraft im Kiosk fehlte? Und ab morgen würde sich die Lage noch ein wenig mehr zuspitzen, denn ab morgen würde Milka bei ihnen wohnen, die Austauschschülerin aus Finnland. Dann musste sich Lilli um Milka kümmern und nicht um aufgewärmte Flaschenmilch von Luis-Marcels oder Kirschkuchen to go. Und sie mussten alle heile Welt spielen, denn den Eltern von Milka, genauer gesagt Milkas Vater, war es im Vorfeld anscheinend unheimlich wichtig gewesen zu wissen, dass in Deutschland auf »sein Kind« eine »intakte« Familie wartete.

In Lillis Kuchenmatsche war eine der letzten Wespen des Sommers gefallen und strampelte um ihr Leben.

»Lilli, kommst du?«

Lilli betrachtete die hilflosen Zuckungen der Wespe und taufte das Insekt Luis-Marcel, bevor sie sich erhob, um dem ungeduldigen Rufen ihrer Mutter zu folgen, als sie Philip um die Ecke schnüren sah, eingehängt an Neles Arm. Genauer gesagt derart verwickelt in Neles Arm, dass kein Blatt Papier zwischen die beiden passte. Lilli taufte die Wespe sofort um, bevor sie sie samt Kaffee ins Gebüsch kippte. Bis vorgestern war Philip bildlich gesprochen noch an ihr geklebt. Vorgestern, als sich Lillis Leben in pappgraue Grütze verwandelt hatte.

Als Lilli in die kleine Servierstube des Milchkiosks zurückkehrte, um unzählige Kakaotassen, Glühweinbecher und Biergläser, die so ein Frühherbstsamstag eben mit sich brachte, abzuspülen, war sie nicht wirklich bei der Sache. Sie verwechselte Spülmittel mit Handlotion, steckte den Putzschwamm in den Kühlschrank und polierte fünf Minuten lang an einem noch nicht abgewaschenen Teller herum, und das alles nur, weil sie *immer wieder* aus dem Fenster sehen musste, um sich *immer wieder* selbst mit dem Anblick der in Philip verhakten Nele zu quälen.

Okay, schon vor den Sommerferien war ihr aufgefallen, dass die Beziehung zu Philip nicht mehr so schwungvoll war, wie sie drei Monate vorher begonnen hatte. Aber war das nicht ziemlich normal? Wer bitte konnte denn schon Tag für Tag, Monat für Monat mit Vollgas an einer Beziehung arbeiten? Gibt ja auch noch ein paar Nebenschauplätze mehr, und dabei dachte Lilli nicht an die Schule, in der das Abitur in zweieinhalb Jahren seine Schatten vorausgeworfen hatte, sondern vor allem an das Beispiel, das sie täglich vor der Nase hatte: die Beziehung ihrer Eltern respektive die Reste dieser Beziehung, die in täglichen Mikrodiskussionen zerbröselt wurden. Da waren sie wieder, die Brösel, das Leitthema des Tages, Lillis treue Begleiter. Vermutlich waren diese zermürbenden Diskussionen zwischen ihren Eltern auch weitergegangen, als Lilli schon längst bei ihrer Oma auf dem Land weilte. Nicht dass Ferien auf dem Land zu Lillis Lieblingsbeschäftigungen zählen würden – wer bitte möchte mit sechzehn sechs Wochen auf einem niederbayerischen Einödhof sitzen und Keramikschalen für ländliche Bauernmärkte töpfern? Aber gemessen an dem Geschirr, das ihre Eltern seit einem Jahr zerdepperten, war es ein beruhigender Ausgleich.

Natürlich hatte Lilli nie im Leben daran gedacht, dass so eine kleine Sommerpause das Aus für ihre eigene Beziehung bedeuten könnte. Auch dann nicht, als Philips WhatsApp-Nachrichten immer spärlicher kamen, und das nicht nur, weil es auf Omas Am-Arsch-der-Welt-Hof ein derart lahmes Internet gab, dass man genauso gut einen Brief schreiben und ihn mit der Schneckenpost hätte schicken können. Nein, Lilli hatte Philips sparsame Wortmeldungen nicht richtig interpretiert. Vermutlich weil sie sich eine Pause vom Interpretieren gönnen wollte. Denn das war das Erschöpfende an dem verbalen Schlagabtausch ihrer Eltern gewesen, dass sie immer heraushören wollte, um was es eigentlich ging.

Nur zu gut erinnerte sich Lilli an einen Abend, ziemlich genau vor einem Jahr, als der Streit bei der Tomatensoße für die Nudeln anfing, die angeblich viel zu scharf war, und bei einer verpatzten Geburtstagsparty endete, bei der Lillis Mutter ihrem Mann nicht nur einen unsensiblen Umgang mit Geschenken vorwarf, sondern auch noch die schönen Augen für die Nachbarin. Das Ereignis lag gefühlte fünfzig Jahre zurück und hörte sich an wie ein Verbrechen vom Vortag. In einer Woche würde ihre Mutter fünfundvierzig werden.

Nein, Lilli wollte in den Sommerferien einfach nichts mehr interpretieren, nichts mehr verstehen und schon gar nicht mühsam hinterfragen. Und niemand eignete sich für so eine Auszeit vom Allesverstehen so sehr wie ihre Oma, die irgendwann einmal den Reiz des einfachen Landlebens entdeckt hatte, als sie mit einem ziemlich charmanten, ziemlich grauhaarigen Ökophilosophen liiert gewesen war. Damals hatte sie den Beruf als Übersetzerin an den Nagel gehängt und sich nur noch ihren Experimenten aus Ton und Keramikglasuren gewidmet. Diese Experimente wurden dann jäh beendet, als ihr das Geld ausging und sich der Ökoliebhaber einer Schweizer Hochalmbäuerin zugewendet hatte. Oma stieg in die Tassen- und Schüsselproduktion ein und verkaufte diese in den Sommermonaten auf Töpfermärkten in ganz Bayern, eine willkommene Abwechslung auch für Lilli, die ihr in den Sommerferien natürlich dabei geholfen hatte.

»Lilli, dreimal Apfel mit Schlag und vier Trauben-KK für die Truppe da draußen!« Die leicht angespannte Stimme ihrer Mutter riss Lilli aus den Erinnerungen, während sie die Apfel- und Trauben-Cupcakes, die unter dem Kürzel KK liefen, auf Keramikteller aus der Produktion ihrer Oma schichtete und dabei zusah, wie Philip Nele in die Seite kniff, die sich quietschend wand und bog. Die Geräusche ähnelten denen von Luis-Marcel, die ganze Aktion glich eher einem Spielplatzabenteuer als einer ernsthaften Beziehung. Aber bitte schön, Lilli würde jetzt stark sein, da rausgehen und diese Berge von Cupcakes servieren, während sich ihr Exfreund und ihre Nachfolgerin mit öffentlichen Kitzelspielchen lächerlich machten.

»Lilli, hast du ’nen Schuss, doch nicht so viel Sahne! Wer soll denn das essen?« Lillis Mutter nahm ihr alle Teller aus der

Hand, die Lilli etwas gedankenverloren unter einem Gebirge aus Sahne begraben hatte.

»Wo bist du, Lilli? Huhu, Erde an Mond, deine Mutter spricht mit dir. Es ist Samstagnachmittag und halb München steht da draußen und will uns die Haare vom Kopf fressen!« Ihre Mutter fuchtelte mit den Armen in Richtung Kioskgarten, wo die Luis-Marcels dieser Welt in allen Altersstufen um die Wette quiekten, als ob das ganze Leben ein einziger Ponyhof wäre.

»Sandra, ist grad Kuchendiät oder wann kommt unsere Bestellung!«, brüllte ein Mann in den Kiosk hinein, nachdem er sich – wichtig, wichtig – ein Jogginghandtuch über die Schultern geworfen hatte, vermutlich, um zu demonstrieren, dass er es sich nach absolviertem Lauftraining leisten konnte, Kuchen mit Sahne zu essen. Großer Gott, die Leute taten alle so, als ob sie kurz vor dem Verhungern wären.

»Ist ja kein Beinbruch, schau.« Lilli stippte mit dem Esslöffel das Sahnegebirge auf einen neuen Teller. »Wenn die Kuchen so winzig sind, passiert das eben!« Lilli nahm ihrer Mutter die Teller wieder weg und lief zügig nach draußen. Wenn sie eines nicht wollte, dann Diskussionen, worüber auch immer, denn wie gesagt die Erfahrung hatte sie gelehrt: Es fängt mit der Sahne an und endet mit den düsteren Zukunftsaussichten nach dem Abitur, wenn man das nicht mit 1,0 über die Bühne bringt, wovon Lilli 2,9 Meilen entfernt war.

Die Teller mit den Cupcakes wurden Lilli förmlich aus der Hand gerissen, ein Phänomen, das sie immer beobachten konnte, wenn sie am Milchkiosk aushalf. Zum einen lag es an den Backkünsten ihrer Mutter. Sie konnte die saftigsten Minikuchen machen, nicht zu süß, meist mit Früchten der Saison und alles bio, was vor allem beim Großstadtvolk gut ankam.

Mit irgendwas musste man ja die Büroluft und die Abgaswolken kompensieren. Als Lilli an der Stelle vorbeikam, an der vorhin Philip und Nele ihre tiefe Liebe zu kindischen Raufereien demonstriert hatten, standen nur mehr zwei leere Gläser da. »Besser isses«, murmelte Lilli und sammelte mit spitzen Fingern die beiden Gefäße ein, worauf ihr eines entglitt und auf den Boden fiel.

»Luis-Marcel, aufpassen, da sind ganz, ganz spitze Scherben, die muss die Frau erst wieder wegmachen!« Die besorgte Luis-Marcel-Mutter warnte ihr Kind, ohne sich aus ihrem Liegestuhl zu bewegen.

Ja, ganz toll, dachte Lilli, während sie einen Handfeger holte. Das ganze Leben war ein Scherbenhaufen, den sie wegmachen musste. Das waren doch ideale Voraussetzungen, um zwei Wochen lang die finnische Austauschschülerin zu bespaßen, die morgen kommen würde. Auch so ein Vermächtnis von Paps, der ein großer Freund von Völkerverständigung war und Lilli die Austauschsache eingebrockt hatte, kurz bevor er selbst auszog.

Warum die Wahl ausgerechnet auf Finnland fiel, daran konnte sich Lilli schon gar nicht mehr erinnern. Vermutlich, weil Paps mal in einer wilden Begeisterung für eine finnische Kommilitonin vor Urzeiten *Finnisch für Anfänger* belegt und schließlich in Finnland tolle Sommerferien inklusive Blaubeeren, Mücken und wilden Paddelboot-Touren verbracht hatte. Das war lange bevor er mit Lillis Mutter die Welt bereiste und zumindest in der Beziehung sesshaft wurde. Warum müssen Eltern immer ihre eigenen Träume an den Kindern weiterspinnen? Sollte er doch *selbst* nach Finnland fahren, jetzt wo er sich seiner Familie entledigt hatte und ihm die Welt wieder offen stand.

»Lilli, es reicht!« Ihre Mutter stand mit in die Taille gestemmten Händen neben ihr und beobachtete Lilli, wie sie die Scherben zusammenklaubte, die sich mit Zigarettenkippen und Kieselsteinen vermischt hatten. Ganz recht, es reicht, dachte auch Lilli und stand auf. »Ich bin für Pappbecher, dann kann so was auch nicht passieren!« Lillis Ton geriet patziger als beabsichtigt. Sie drückte sich mit der Kehrichtschaufel an ihrer Mutter vorbei, die dermaßen auf Diskussion gebürstet war, dass sie die Lippen schon stumm bewegte. Lillis Mutter verdrehte die Augen zum Himmel, und es schien sie überhaupt nicht zu stören, Lilli vor Publikum zum Horst zu machen.

»Was ich jetzt echt nicht brauchen kann, ist eine Tochter, die in einer Parallelwelt lebt und sich selbst im Weg steht. Was glaubst du, wie das hier ohne Christian weitergeht?«

Exakt darüber hatte sich Lilli auch schon Gedanken gemacht. Christian, ihr Vater, war eigentlich unersetzlich im Kiosk, und sei es nur, um all die Luis-Marcel-Eltern in Vollversteher-Modus darauf aufmerksam zu machen, dass ein Milchkiosk kein Eventhäuschen mit Freibrief zum Fassadenklettern, Laufradwerfen oder Kakaoweitspucken war.

»Mum, du wirst dir einen Ersatz suchen müssen. Also zumindest für den Kiosk, denn ich soll ja nicht nur irgendwann ein wahnsinnig gutes Abitur schreiben, sondern darf ab morgen auch noch Milka, dem kleinen Schokotörtchen aus Finnland, heile deutsche Familienwelt vorgaukeln. Schon vergessen, darauf hat der Vater der kleinen süßen Milka ganz, ganz doll viel Wert gelegt«, Lilli sprach betont säuselnd in der dritten Oktave, »und, tadaaaa, mit unserer Familie einen echten Volltreffer gelandet!«

Nachdem Lilli die Scherben im Mülleimer versenkt hatte, betrachtete sie zufrieden die Gesichtszüge ihrer Mutter. Kirschrot mit leichtem Hauch Aubergine, gleich sind wir bei Blaubeere, mutmaßte Lilli und bedankte sich innerlich herzlich bei wem auch immer, dass sie die Neigung zur Gesichtsrötung im Falle von Erregung nicht geerbt hatte.

»Okay, Lilli, wir werden uns jetzt zusammenreißen und das irgendwie durchstehen. Aber mach's nicht noch schlimmer, indem du mehr Arbeit verursachst als nötig, ja?«

Lilli zuckte mit den Schultern. Seit ihr klar geworden war, dass bei den Diskussionen der Eltern ihre Mutter immer das letzte Wort gehabt hatte, schien es ihr unnötig, darauf noch etwas zu sagen. Es würde eh kommen, wie es kam. Niemals würden sie dieser Milka zehn Tage lang ein ideales Familienleben vorspielen können. Denn idealerweise brauchte man dazu einen Vater, sorglos vor sich hin arbeitende Eltern und eine in sich ruhende Tochter.

Das Einzige, was ruhte, war Lillis Liebesleben. Ihr Vater war ohne Angabe von Adresse vor zwei Tagen verschwunden, und ihre Mutter war dazu verdammt, einen Kiosk zu betreiben, für den sie nun zusätzlich zum Backen und Kochen auch einkaufen, Getränkebestellungen und Abrechnung machen musste. Mal ganz abgesehen davon, dass dieser finnische Obermufti von Milka-Vater doch nicht mehr alle Birnen im Kronleuchter haben konnte, wenn er sich in Zeiten von Patchwork-Familien, Alleinerziehenden, gleichgeschlechtlichen Eltern und sich selbst erziehenden Kindern eine intakte Gastfamilie wünschte. Hallo, wir leben im Mitteleuropa des 21. Jahrhunderts!

Aber wahrscheinlich funktionierte im finnischen Hinterland noch alles nach guter alter Bärenart: Bärenmama, Bärenvater mit putzigen Bärenkindern im Schlepptau, alle in allwettertaugliche finnische Filzkleider gewickelt, die im Lappland-Style bestickt waren. Lilli musste grinsen, als sie sich vorstellte, wie Milka morgen mit einem Strauß aus finnischen Latschenkiefern, einer gerade geschnittenen Filzkutte und einem Mützchen aus Rentierleder am Flughafen stehen würde.

»Für dich ist das alles kein Problem, was? Du spinnst dich in deine Welt ein, und ich kann sehen, wie ich den Alltag stemme. Mann, Lilli, werd erwachsen!« Lillis Mutter füllte wütend Glühweingläser und Kaffeehaferl, um den zweiten Ansturm Besucher gnädig zu stimmen. Es wurde schon dunkel, und jetzt kamen die Romantiker, wie Paps sie immer nannte. In der Abenddämmerung und bei sanft aufziehendem Nebel genossen sie es, gemütlich herumzustehen und sich den drohenden Winter schönzutrinken. Die Luis-Marcels mussten dann nach Hause ins Bettchen, und Lilli konnte die Musik anstellen, die mit kleinen Lautsprechern rund um den Kiosk zu hören war. Birdy, *People Help the People.* Und Lilli stellte sich das schwarz-weiße Video dazu vor, das Birdy in Paris zeigte. Birdy, die kaum älter war als sie und schon ein Weltstar.

Warum hatten sie keine Austauschschülerin aus Paris? Denn wie das Wort Austausch schon sagte, würde sie ja auch diese Milka besuchen müssen. In Finnland, in Hämeenlinna, hundert Kilometer nördlich von Helsinki, zwischen einer Million Seen, vier Millionen Fichten und Birken und einem Teppich aus Rentierflechten. Lilli warf ihrer Mutter ein müdes Lächeln zu und drehte die Musik lauter. Getragener Moll-Sound, *People Help the People.* Und wer half ihr?

Sandra, Samstagnachmittag

Was, wenn sie es nicht schaffen würden? Was würde sie dann machen? Irgendeinen Verkäuferjob in einer Bäckerei annehmen? Wer würde schon eine Frau Mitte vierzig mit abgebrochenem Lehramtsstudium und der unsteten Biografie einer Weltenbummlerin einstellen? Zehn Jahre Ausland mit diversen Berufen, eine Tochter in Ausbildung, erst die letzten zehn Jahre wieder sesshaft, zunächst eigene Bar, dann Kioskbesitzerin. Gescheiterte Kioskbesitzerin! Wegen Scheidung geschlossen.

Sandra strich sich die Hände an ihrer knöchellangen weißen Schürze ab und knallte anschließend wütend Kuchen für Kuchen auf die Teller, die aus der Geschirrlinie ihrer Mutter stammten. Diese Teller konnte sie auch schon lange nicht mehr sehen. Türkise Wellen, auf denen orange Punkte oder gelbe Blätter wild durcheinandersprangen. Dazwischen Tupfen und Linien, ganz wie es ihrer Mutter in ihrer Späthippiekreativität eben so gefiel. Sandra wollte mehr Ordnung, Berechenbarkeit, das fing bei den Mustern auf den Tellern an und hörte bei den schlampig hingeworfenen Klamotten ihres Mannes auf. Teller konnte man austauschen. Den Mann … ja, der hatte sich jetzt selbst ausgetauscht. Er war weg. Doppelt weg. Als Partner und als Arbeitskraft. Natürlich wusste Sandra, dass weder ihre

Mutter noch Lilli noch vermutlich zu hundert Prozent Christian schuld waren, dass alles so gründlich schieflief. Vermutlich nannte man das ganze Midlife-Crisis.

Mit dem Unterarm versuchte Sandra eine widerspenstige Locke aus ihrer Stirn zu verbannen, als sie sah, dass Lilli ein Glas fallen ließ. Heiße Wut schoss in Sandra hoch, und während sie genau wusste, dass sie völlig überzogen reagierte, stürmte sie schon aus dem Kiosk, um Lilli runterzuputzen. Doch an ihrer Tochter schien jede Kritik wie an Teflon abzuperlen. Einmal Schulterzucken und wegdrehen. Sandra spürte, wie sie rot anlief, ganz so, als würde sich ihr Innerstes nach außen kehren.

Das war auch mit ein Grund gewesen, warum sie das Lehramtsstudium, Erdkunde und Sport, nicht zu Ende gebracht hatte. Weil die Angst zu groß war, vor einer Klasse zu stehen. Denn noch bevor sie ein Wort herausbekommen hatte, war sie schon rot wie eine Tomate geworden. Keine zwei Wochen hatte es im Referendariat gedauert, bis sie den Spitznamen Rotkehlchen weg hatte, weil sich die Röte immer vom Hals weg ausbreitete. Damals hatte sie gerade Christian kennengelernt, der in seinem Tourismusmanagement-Studium ungefähr so glücklich war wie sie mit dem drohenden Lehrerdasein. Christian musste sie nicht lange überreden, auf die große Welttour mitzukommen.

Und dann ließen sie sich ordentlich treiben. Mal hatten sie eine Bademeisterei auf den Kanaren, dann wieder gaben sie Deutschunterricht in einem kleinen bretonischen Dorf, das über eine engagierte Sommerakademie verfügte. Ein halbes Jahr lang lebten sie auf Bali, wo sie gebatikte Tücher verkauften. Und wenn wirklich Ebbe in der Kasse war, hatte Sandra die Ferienköchin gegeben. Viele, die sich im Urlaub ein Haus mieteten, sei es in Thailand, auf Madagaskar oder Mauritius, wollten nicht täglich kochen. Dann zauberte Sandra wunderbare Menüs aus einem Mix all jener Rezepte, die sie auf ihrer Weltenbummelei gesammelt hatte. Letztendlich war das auch das Geheimnis ihrer Cupcakes. Sie hatte in so viele Backstuben der Welt ihre Nase reingesteckt wie vermutlich wenige, und das war letztendlich ein Teil ihres Erfolgs. Bis jetzt. Jetzt ging das Konzept, immer nur kleine Brötchen, äh Kuchen zu backen, nicht mehr auf. Der Kiosk war darauf ausgelegt, eine Familie zu ernähren, wenn die ganze Familie mitmachte.

Einen Angestellten, das wusste Sandra, konnte sie sich nicht leisten.

Und nur mit Aushilfen würde es ein Eiertanz ohne Ende werden.

Und ohne Lilli würde es gar nicht gehen. Sie würde trotzdem ausfallen, erst einmal. Wegen Milka aus Hämeenlinna und wegen Klassenfahrt und vermutlich wegen altersbedingtem Unwillen und Abgrenzung gegenüber der Mutter. Okay, sie selbst war als derzeit nicht gerade entspannte Mutter daran nicht ganz unschuldig. Vor allem in letzter Zeit hatte sie ihre Tochter viel zu oft spüren lassen, wie sehr sie das alles belastete. Wahrscheinlich war sie in Lillis Alter genauso gewesen.

»Sandra, wir vertrocknen!« Ein ihr wohlbekannter Bass dröhnte zum Kiosk herein. Manche der Stammgäste benahmen sich, als hätten sie den Laden im Ganzen gekauft und nicht nur ein Bier oder einen Glühwein. Stammgäste waren Stütze und Albtraum eines jeden Ladens. Das war überall auf der Welt gleich.

»Bring euch sofort den Treibstoff, Momentchen!« Sandra entkorkte eine Flasche Wein, um den Glühwein aufzugießen, der in einem großen Topf vor sich hin blubberte und den ganzen Kiosk mit seinem cremigen Vanille- und würzigen Nelkenduft erfüllte. Erst mal rühren und beruhigen, dachte sich Sandra, die immer noch die Röte auf der Haut spürte, weil sie sich so über Lillis gelangweiltes Desinteresse geärgert hatte. Da ließ ihre Tochter im selben Augenblick die Tür zum Kiosk mit einem gut geübten Fußtritt aufspringen und brachte einen Schwall feuchter Abendluft mit herein. Sandra fröstelte.

»Mum, ich würd gern um sieben gehen, wir wollen heute noch in den Keksclub!« Lilli war mit einem hoch aufgetürmten Tablett zurück in den Kiosk gekommen und riss Sandra aus ihrer Topfmeditation und dem narkotischen Glühweindampf.

»Was? Aber du siehst doch, was hier los ist!«

»Mensch, wenn's danach geht, komme ich hier nicht mehr weg, bis ich grau und schrumplig bin. Ich hab dir den ganzen Samstag geholfen. Ich kann dir Paps nicht ersetzen, schmink's dir ab!« Lilli war im Ton schon wieder verrutscht und Sandra reagierte wie auf Bestellung ebenso patzig.

»Für dich geht das Leben einfach so weiter. Spaß und Party. Erstaunlich, wie wenig dir das alles was auszumachen scheint!«

Wahrscheinlich hatte Lilli ihre Worte schon gar nicht mehr gehört, denn sie war längst wieder nach draußen verschwunden, um unter dem Vorwand, den Kioskgarten aufzuräumen, nicht weiterdiskutieren zu müssen. Es war halb sieben und sie würde Lilli nicht festbinden können. Mit Ungerechtigkeiten schon gar nicht.

»Sandra, musst du den Wein erst keltern, bevor du ihn zum Kochen bringst?« Durch die kleine Durchreiche zum Garten klang der ungeduldige Bass des Stammgasts Gustl-Joe bereits nach kleiner Aufsichtsbeschwerde, mindestens aber nach »Hoppigalloppi«, und dass die lahmen Witze anscheinend bei seinen beiden sehr blonden, sehr aufgehübschten Begleiterinnen gut ankamen, konnte sie an dem spitzen Zwitscherlachen hören. So viel gute Laune macht spendabel, verärgerte Gäste wären jetzt echt kontraproduktiv.

Sandra schob zum hundertsten Mal die Strähne mit dem Unterarm aus der Stirn und setzte ein künstliches Lächeln auf, als sie die Becher mit dem frischen Glühwein aus dem Kioskfensterchen nach draußen reichte. Sandras Welt war auf die Größe eines sechzehn Quadratmeter großen Kiosks zusammengeschrumpft. Entkommen: unmöglich, da Lebensgrundlage. Protest: zwecklos, wer sollte ihn hören wollen? Aussichten: acht Quadratmeter Garten und eine Wand aus Bäumen. Vielleicht ließe sich das alles ja in Glühwein ertränken. Und wenn Lilli nicht bald dieses traurige Birdy-Gejammer abstellte, dann würde Sandra Amok laufen. In dem Augenblick suchte sich der iPod via Shuffle Play die Toten Hosen aus und beschallte den Kiosk mit » *und dann werd ich leicht melancholisch, und etwas passiert mit mir. Ich kriege sentimentale Gefühle, aber leider kein Feeling dafür. Kein Alkohol ist auch keine Lösung*«.

Treffer versenkt und Zufälle gibt es auch keine, dachte Sandra und lächelte das erste Mal an diesem Tag, weil das Lied so gut zu dem Glühweindampf passte, der sie langsam, aber sicher meschugge machte.

»Sandra, noch ’ne Runde, aber heute noch!« Bass, Gekicher, Bass, Klirren.

Sandra verdrehte die Augen und lächelte immer noch leicht benebelt, als Lilli den Kopf durch die Tür steckte und sich verabschiedete.

»Geh jetzt, Mum, draußen ist alles so weit klar, ja?«

Sandra nickte und fing den überraschten Blick ihrer Tochter auf, die offensichtlich nicht mehr damit gerechnet hatte, ihre Mutter irgendwann wieder mit so etwas wie guter Laune anzutreffen. Glühweindampf stimmte eben gnädig, aber das war auch keine Lösung, oder?

Lilli, Samstag, 21 Uhr

Na, bravo, aller guten Dinge sind zwei, auf die sprichwörtlichen drei würde sie heute dankenswerterweise verzichten. Lilli war gerade von einer Runde wilden Abhüpfens von der Tanzfläche gewankt, um mit Sophie, ihrer besten Freundin, eine Cola zu trinken, als sie eine vertraute Gestalt die Treppe zum Keksclub herunterkommen sah. Ein klassisches Déjà-vu, dachte Lilli, als sie Nele gut verschraubt an Philip wahrnahm, die beide gerade unter quietschigem Hallo von Neles Freundinnen begrüßt wurden. Nele in einem Schlauchkleid und High Heels, für die man Lillis Meinung nach erst einen Akrobatikkurs absolvieren musste, Philip in altbewährter Kombi aus Polohemd und Röhrenjeans samt Chelsea Boots. Smart, unauffällig auffällig, mit der braunen Haartolle hoch über der Stirn, die Lilli so gerne hüpfen sah. Gesehen hatte. Damals nett fand.

Jetzt so rückwirkend wirkte sie ein wenig lächerlich, wenn nicht sogar total affig. Schließlich musste sich Philip jede Menge *Wavegold*, ein nach chemischen Waldbeeren duftendes Haarwachs, hineinschmieren, damit die Tolle stand, wie sie stand. Bei Regen fiel die Pracht immer zusammen, und sie fragte sich, ob Nele auch mit so viel Humor darauf reagieren würde. Kurz bevor das bohrende Gefühl in Lillis Bauch zu mächtig wurde, ersäufte sie es in einem tiefen Schluck Cola, der sich augenblicklich mit einem Schluckauf rächte. Sophie klopfte ihr besorgt auf den Rücken.

»Ich mache hier – hicks – unter keinen hicks – Umständen eine – hicks – Szene, ver – hicks – sprochen. Ich – hicks – werde – hicks – sie mit Nicht – hicks – achtung strafen, brauch – hicks – nur was – hicks – Stärkeres – hicks – als Klein – hicks – mädchencola – hicks!«

»Klar, Lilli, bitte reg dich jetzt nicht auf, wir können auch woanders hingehen, echt, macht mir gar nichts!« Sophie musste ziemlich brüllen, um gegen die Wummerbeats anzukommen, die den Raum zum Vibrieren brachten und die Menschen in Zuckungen versetzten. Die mit den Schallwellen synchronisierten Lichteffekte ließen Philip und Nele, die nun auf der Tanzfläche standen, alle zwei Sekunden hellgrün aufleuchten. Da beide offensichtlich sekundenkleberhaft aneinanderpappten, kam das Ganze Lilli so vor wie der Liebestanz der Gottesanbeterin. Gleich würde Nele ihrem Ex-Philip die Stilettos in die Rippen rammen und ihn aussaugen. Grün, schwarz, grün, schwarz, die Beats samt Laserlicht ließen Raum und Menschen alle paar Sekunden zu grotesken Momentaufnahmen erstarren, und Lilli war sich sicher, dass Nele die Schwarzphase zwischen zwei Lichtbeats nutzen würde, um Philip auszusaugen. Gottesanbeterinnenmäßig sozusagen.

»Komm von hier weg, mit diesem unschönen Blick in deine Vergangenheit wirst du noch verrückt!« Sophie zupfte an Lillis einem Spaghettiträger, der zu einem halblangen T-Shirt gehörte, das Lilli lose bis zu den Hüften fiel. Mit den schwarzen Leggings und Stiefeln entsprach sie dem gängigen Modebild des Abends. Sie war das perfekte Durchschnittsmädchen: Liebes Gesicht, lange braune Haare, unauffällig hübsch. Girl next door eben. Sie hatte immer gedacht, dass es das sei, was Philip gefiel. Er hatte ihr Komplimente gemacht. Wie wunderschön ihre rehbraunen ruhigen Augen leuchteten, und ihre hohen Wangenknochen gefielen ihm auch, aber anscheinend stand er nun auf deutlich gepimptere Ischen.

Lilli hatte in der Zwischenzeit Sophie in Richtung Bar dirigiert und für sie beide ein Bier gekauft. Jetzt balancierten sie damit durch die pogende und hüpfende Menschenmenge.

»Komm, lass uns ein Stück nach vorne gehen und sehen, was passiert!« Lillis Schluckauf hatte sich verabschiedet, und sie zog Sophie nun ihrerseits an deren Spaghettiträger direkt auf die Tanzfläche, um es genau zu sagen, neben Nele und Philip.

»Spinnst du, siehst du nicht, wer da rumhampelt?!« Sophie nippte hektisch an ihrem Bier, das in einem dicken schaumigen Schwall durch den dünnen Flaschenhals schoss.

»Verdammt, wie das schäumt! Jetzt warte doch, Lilli. Du willst doch nicht direkt neben den beiden tanzen, oder?« Sophies Sorge war berechtigt, denn Lilli hatte das Bier ex runtergezischt, was weder für einen gerade kurierten Schluckauf noch für den nackten Verstand sinnvoll war, und tanzte nun wild neben Philip.

Sophie blieb nichts anderes übrig, als ebenfalls mitzumachen. Als nach fünf Minuten zwei Jungs aus der Parallelklasse auftauchten, um sich in Lillis und Sophies Getanze einzuklinken, hatte das Bier bei Lilli für die nötige Enthemmtheit gesorgt, zumal sie Sophies Bier auch noch hinterhergekippt hatte. »Du kriegst das mit dem Schaum eh nicht gebacken!« Mit diesen Worten hatte sie Sophie die Flasche aus der Hand genommen und sie tanzend freihändig, mit kreisenden Armen und steil nach hinten gelegtem Kopf geleert. Mit ihren exaltierten Bewegungen konnte sie sicher sein, dass sie Philips Aufmerksamkeit erregte. Schließlich kannte er die trinkende Lilli nicht. Alk schmeckte ihr nie besonders und war somit kein Thema gewesen. Mit Betonung auf *gewesen*.

Lilli schaffte sich mit wildem Headbanging Platz auf der Tanzfläche, und wie zufällig pogte sie natürlich in Richtung Nele und Philip, frei nach dem Motto: Wie viele *Anrempler* verträgt jemand, der auf Stilettos tanzt. Einer der Jungs aus der Parallelklasse – Lilli hatte seinen Namen vergessen – war auf ihren Tanzstil eingestiegen und antwortete auf ihre Bewegungen. Dazwischen reichte er ihr eine Flasche mit klarer Flüssigkeit. Lilli war kurz irritiert, ging aber dann darauf ein, was so viel hieß: die Flasche exen und weg damit. Doppelheadbanging. Doppelhüpfen. Doppelpogen.

Das nächste Lied war deutlich langsamer, und die beiden Jungs sahen ihre Chance gekommen, mit Sophie und Lilli auf Tuchfühlung zu gehen. Doch Lilli hatte längst keine Ahnung mehr, wer hier an wem rumgrapschte, denn die schnell getrunkenen Biere und vor allem die geheimnisvolle klare Flüssigkeit hatten bei Lilli mit Wucht eingeschlagen. Sie bewegte sich mit einem großen Kreisel im Kopf. Sah Philip sie ungläubig anstarren, wenn sie auf ihn zutanzte und dabei mit ihren Händen Lockbewegungen machte. Sie sah Nele um ihren Platz an Philips Brust kämpfen, was gar nicht so einfach war, weil Lilli sich immer dazwischenwarf.

Und sie registrierte die beiden Parallelklassennasen näher und wieder ferner kommen, einer der beiden feuerte sie immer wieder an, wenn sie mit Schmackes auf Philip zufederte, als wenn es sich um einen Stierkampf handeln würde. Das Kreiseln verursachte bei Lilli ein Rauschen in den Ohren, das die Musik dämpfte. Plötzlich schien es eine Außen- und eine Innenwelt zu geben.

Sie sah Sophie, die Gefallen an einem der Jungs gefunden hatte und sich nun deutlich weniger um ihre beste Freundin Lilli sorgte. Sah das zuckende Licht, spürte, rhythmisch befeuert durch die Bässe, eine seltsame Verbindung zwischen Magen und Kopf, und schließlich schob Lilli jemand aus der Umlaufbahn, als würde sie aus einem Karussell fliegen. Der Kreisel im Kopf hatte sich überdreht, die Verbindung zwischen Kopf und Magen erwies sich als unheilvoll, vermutlich war auch der vorangegangene Schluckauf nicht ganz unschuldig. In jedem Fall hielt Lilli abrupt inne und kotzte Philip eineinhalb flott getrunkene Biere plus den durchsichtigen Trunk auf seine sauberen wildledernen Chelsea Boots.

Das war nicht hübsch, aber wie Lilli langsam realisierte, ein wirkungsvolles Mittel, um den Heißkleber zwischen Nele und Philip zu lösen. Mit einem entsetzten Quiekser war Nele zurückgewichen, als Lilli wie eine muntere Quelle in die tanzende Menge gereihert hatte. Sophie war ihr zwar gleich zur Seite gesprungen, dann aber einen Moment abgelenkt gewesen, weil die beiden Parallelklassenkasper sich auf der Stelle verdrücken wollten. In dieser kleinen Aufmerksamkeitslücke ließ sich Lilli gegen Philips Brust fallen und atmete einmal schnell den vertrauten Duft ein, bevor Philip sie sanft von sich schob und ihr ein Stofftaschentuch reichte.

Stimmt, da war ja was. Lilli wischte sich das Gesicht ab und murmelte »Entschuldigung«, bevor sie sich bückte, um Philips Schuhe wenigstens grob abzuwischen. Leider war dieses Sichhinunterbücken eine ganz blöde Idee, weil zwar der Wasseranteil der Biere den Weg aus Lilli gefunden hatte, aber nicht alle anderen Inhaltsstoffe. Lilli kam nicht mehr hoch, irgendetwas hielt sie am Boden fest. Wahrscheinlich der Kopf, der die Schwere eines Sargdeckels hatte, und zu allem Übel waren Lillis Beine plötzlich aus Gelee.

Sophies und Philips Hilfe war nötig, um sie wieder auf die Beine zu stellen. Und hätte sich Lilli nicht so abgeschossen, hätte sie sehen können, wie sehr Nele davon genervt war. Aber über Lillis Verstand hatte sich ein gnädiger Nebel gelegt, und sie bekam nur am Rande mit, dass Sophie unter ziemlichem Fluchen mit ihr den Keksclub verlassen und sie nach Haus gebracht hatte. Da war es halb eins, und in weniger als zehn Stunden würde eine völlig unbekannte Milka am Flughafen stehen und auf sie warten. So oder ähnlich hatte es Lillis Mutter formuliert, als sie noch einmal aufgestanden war, nachdem sie bemerkt hatte, wie ihre besoffene Tochter ein inniges Gespräch mit der Kloschüssel führte.

Sandra, Sonntag, zwischen 2 und 5 Uhr

Als sie den Schlüssel an der Eingangstür herumstochern hörte, ahnte Lillis Mum schon, dass ihre Tochter nicht ganz nüchtern sein würde. Dieses fahrige Herumrühren im Schloss, das zittrige Aufsperren, eine mit Wucht in die Ecke gepfefferte Tasche und hinterhergeworfene Schuhe, schließlich das eilige Trappeln zum Klo und … genau, Treffer versenkt. Lillis Mum langte instinktiv neben sich, um ihren Mann zu wecken, und schob sich dann, nachdem sie sich an die veränderte Situation erinnert hatte, schlaftrunken aus dem Bett, um ihre Tochter vor der Kloschüssel aufzulesen, wo Lilli zusammengekauert saß und schluchzte.

»Mensch, musste das sein, Lilli? Da kannst du die Kohle auch gleich so runterspülen!«

Sie hätte sich auf den Mund schlagen können, das war so ein typisch erwachsener pragmatischer Spruch. Für diesen Spruch hätte sie ihre Mutter gehasst, aber die sagte nur immer »Feiern bringt reihern« und trollte sich wieder, wenn ihre Tochter mal wieder dem Porzellangott gehuldigt hatte. Denn ihrer Mutter war nie irgendetwas peinlich oder fremd gewesen. Sie war die typische mild gestimmte Allesversteherin und brachte Sandra schon allein damit auf die Palme. Und jetzt war sie selbst in der Situation, ihre Tochter kotzend auf Knien vor sich zu finden, und alles, was ihr dazu einfiel, war die Sache mit den Kosten und dem Nutzen. Als ob Getränke nicht in jedem Fall am Ende in der Kanalisation landen würden.

Sie beugte sich runter und atmete den scharfen Promille-Atem ein, der Lilli aus sämtlichen Poren kam. Mit einem feuchten Handtuch wischte sie ihrer Tochter die letzten Spuren aus Gesicht und Haaren und zerrte sie ins Bett. Stabile Seitenlage und eine Schüssel davor. Mehr konnte sie jetzt auch nicht machen. Und hoffen, dass die junge Leber den Abbau schnell schaffte, denn irgendwer würde Milka vom Flughafen abholen müssen. Und sie konnte es sicher nicht, denn den Kiosk einfach zusperren, wegen Besuch aus dem finnischen Hinterwald, das konnte sie sich nicht leisten, nicht jetzt. Sandra überlegte kurz, ob sie aufs Geratewohl einfach ihrem Mann eine SMS schicken sollte. Vielleicht war er ja doch in der Nähe, dann sollte er sich um das Problem kümmern. Aber sie ließ es schließlich doch sein. Der Diskussionsbedarf wäre zu hoch gewesen, wenn sie beichten musste, dass ihre gemeinsame Tochter sich zwei Tage nach seinem Auszug die Kante gab.

Sandra lehnte die Tür zu Lillis Zimmer bloß an und die regelmäßig schnorchelnden Geräusche ihres Atems beruhigten sie ein wenig. Wer atmet, erstickt nicht, und wer schläft, schläft sich gesund.

Aber Sandra fand in der Nacht nicht mehr in den Schlaf. Dann, wenn alle Katzen grau sind und die Straßengeräusche für einen Augenblick selbst in einer Großstadt verebben, wenn kein rollendes Vibrieren der U-Bahnen mehr zu hören ist, so zwischen vier und fünf, da schienen sich alle Probleme zu einem undurchdringlichen Geflecht zu verdichten. Als würden sie in der dunklen Stille die besten Lebensbedingungen vorfinden. Die Petrischale für Probleme war die Zeit kurz vor der blauen Stunde, wenn die Sonne noch nicht aufgegangen war, aber das Ozon die Verantwortung für das leuchtende Himmelsblau übernahm.

Sandras Gedanken schweiften von Beziehungsproblemen, Geldsorgen, unpassenden Besuchen und Alkoholexzessen ab zu den Begriffen Rayleigh-Streuung und Hulburt-Phänomen. Damit hatte sie sich während ihres ach so erfolgreichen Geografie-Studiums befasst, und nun erinnerte sie sich, dass sie der Blauwert des Himmels, den man mit den physikalischen Entdeckungen der beiden Wissenschaftler Baron Rayleigh und Edward Hulburt bestimmen konnte, damals fasziniert hatte. Das war Grenzland zwischen strammer Physik, Randgebieten der Geografie und Poesie gewesen. Die hohe Farbtemperatur der blauen Stunde, zwölftausend Kelvin, musste doch für irgendetwas gut oder schlecht sein? So viel Energie konnte doch nicht ohne Wirkung bleiben?

Mit solchen Überlegungen hatte sich Sandra gerne befasst, leider waren sie nicht das zentrale Thema des Studiums gewesen. Um es ehrlich zu sagen, war in dem Studium überhaupt kein Raum gewesen für esoterische oder metaphysische Gedanken, die sie vermutlich von ihrer Mutter übernommen hatte, die ja gerne mal die Dinge hinter den Dingen sah.

Nachdem sich Sandra in ihrem verwaisten Bett das gefühlte fünfundzwanzigste Mal von links nach rechts gedreht hatte, beschloss sie, die blaue Stunde für das nächtliche Wachbleiben verantwortlich zu machen, und fiel in einen kurzen Tiefschlaf, der ihr jede Menge chaotischer Träume bescherte. Echte Blaue-Stunden-Träume, voller absurder Episoden, und somit wenig erholsam.

Lilli, Sonntag, 9.30 Uhr

Wer glaubt, man sitze schon in der Scheiße, wird feststellen, dass die braune Suppe die Tiefe des Marianengrabens besitzt, so oder ähnlich hatte einmal ein Graffiti in einer öffentlichen Toilette gelautet, das passenderweise auch noch mit brauner Farbe an die Wand geschmiert worden war. Lilli hatte es sich vermutlich auch deswegen gemerkt, mit derartigen synästhetischen Erfahrungen konnte sie etwas anfangen. Auch wenn der Gedanke an Toiletten an diesem Sonntagmorgen absolut kontraproduktiv war.

Lilli war von dem anschwellenden Sirenenton des Weckers wach geworden, wenn man von wach werden sprechen konnte. Mit einem Klatscher der einzigen Hand, die sie zielgerichtet bewegen konnte, brachte sie den Wecker zum Schweigen und fühlte dem Erwachen der anderen Hand nach, die so unglücklich unter ihr gelegen hatte, dass sie eingeschlafen war.

In kleinen ziependen Stromstößen bahnte sich das Blut den Weg in die Gliedmaßen zurück. Und in den Kopf. Wildes Pochen. Grauenvolles Wummern. Hammerschläge im Pulsrhythmus. Lilli fingerte unbeholfen einen Zipfel des Kopfkissens unter sich hervor und hielt sich die kühle Baumwolle vor die Augen. Nie mehr Licht, bitte. Zwischen die knallenden Drums in ihrem Kopf schoben sich Shortcuts des gestrigen

Abends: Philip an Nele. Lilli zwischen Philip und Nele. Pogen. Rasiermesserscharfe Stilettos. Sophie mit einem Bier. Sophie mit keinem Bier. Viele Flaschen, manche davon deutlich schärfer als die anderen. Schließlich rehbraune Schuhe. Sehr schöne Füße, Füße, die in rehbraunen Schuhen steckten, die nicht in der Nähe von Stilettos sein sollten, weil sie einfach zu empfindlich dafür waren. Und wenn sie sich schon unbedingt in der Nähe von gefährlichen Pfennigabsätzen bewegen mussten, dann sollten sie auch nicht mehr so schön sein.

Lilli schob vor Scham über ihre gestrige Kotz-Glanzleistung auf Philips Schuhe das Kissen noch ein wenig fester vor die Augen, so fest, dass sie rote Kreise sah, weil der Druck auf den Augäpfeln zu groß wurde. Leider dämpfte das Kissen nicht den wieder erwachenden Wecker. Lilli arbeitete gegen das Konzert an. Drums hinterm Schläfenlappen, Klingeln in den Ohren, rote Kreise, die sie die Augen öffnen und gleich wieder schließen ließen. So viel Licht auf einmal.

Lilli stöhnte auf und schob die Füße aus dem Bett, um nach den Pantoffeln zu angeln. Eigentlich total unmögliche Pantoffeln, Korksohle mit Blümchenlederriemen, aber saugemütlich. Hier drin konnte man auch stehen, wenn der Rest des Körpers im Wartungsmodus war. Wie zum Beispiel Lillis Kopf, heute mit sülziger Gehirnmasse. Irgendwas war, warum klingelte sonst am Sonntag der Wecker? Lilli versuchte sich zu erinnern, aber jede Gedankenschleife musste an den Drums vorbei und zerfiel dabei in alle Einzelteile. Nur mühsam kitteten sich die Erinnerungen wieder aneinander. Keksclub mit K.-o.-Ausgang. Kiosk, Sonntag. Kein Philip, kein Paps. Flughafen. Finnland. Viertel nach elf. Milka!

Lilli sprang mit dem erschreckten Schwung aus dem Bett

und wäre beinahe wieder zurückgesunken. Ganz schlechte Idee, mit so einem Kreislauf an Tempo zu denken, aber die Uhr zeigte kurz vor zehn. Mit der S-Bahn brauchte sie eine Dreiviertelstunde zum Flughafen. Vorausgesetzt, sie würde die passende bekommen.

Nachdem Lilli ins Bad getaumelt war, nahm sie den Geruch nach Vanille und warmer Butter wahr. Sie liebte diesen Duft, eigentlich. Heute bewirkte er, dass Lilli sich am Waschbecken festhalten musste, um das Würgen abzufedern. Ihre Mutter backte für den Sonntagsansturm auf den Kiosk. Vermutlich die brandneuen Chantilly-Cupcakes, mit einer sämigen Vanillecreme gefüllte Biskuit-Törtchen, die eine Glasur aus Limetten und Puderzucker bekamen. Und Maronen-Küchel, passend zur Jahreszeit, mit einem Preiselbeerguss. Minitraubenkuchen. Marmorbomben, wie alle die schwarz- und cremefarbenen Kuchenkugeln nannten, die bei ihrer Mutter ein wenig wie Oreo-Kekse schmeckten, weil sie karamellisierten Zucker verwendete. Und Himbeerbatzen, Mürbteigtörtchen, auf denen sich gezuckerte Früchte wie eine Hügellandschaft im Zwergenland ausmachten.

Sobald Lilli all diese Köstlichkeiten mechanisch aufzählte, beruhigte sich ihr Magen wieder. Es war ein Job. Heute würde eine Aushilfe ihren Part im Milchkiosk übernehmen, leider nicht eine von Mums Freundinnen, die ausgerechnet heute nicht einspringen konnten, sondern jemand von der Gastrobörse, einer Jobvermittlung für sämtliche Dienstleistungen in der Gastronomie. Sauteuer und unerfahren. Sie wusste jetzt schon, dass ihre Mutter wie auf Kohlen saß, um selbst zum Kiosk zu kommen, aber vorher musste die ganze Backerei fertig werden. Draußen kündigte sich ein goldener Herbsttag an, mit einer kräftigen Portion Föhn. Die Leute würden den Milchkiosk stürmen, als hätten sie alle zu Hause leere Kühlschränke. Sämtliche Luis-Marcels und Jade-Valeries würden angefixt von der guten Laune ihrer Eltern und dem elektrisierenden Einfluss des Föhns gleich ein paar Dezibel auf ihre Kinderstimmen draufpacken.

Der Milchkiosk würde Anlaufstelle, Treffpunkt und Endstation jedes Spaziergangs werden, und dazwischen würden gefühlte tausend Hunde in allen Schulterhöhen, Fellfarben und Schnauzengrößen versuchen, heruntergefallene Cupcakes zu ergattern. Großstadthunde wissen, was schmeckt. Lilli liebte die Vierbeiner und hatte immer eine Hand zum Streicheln frei. Zu gern hätte sie selbst einen Hund gehabt. Aber der unstete Job der Eltern und der stramme Lehrplan seit Einführung des G8 hätten dem Hund kein optimales Leben beschert. Also streichelte Lilli fremd. Ein Miniersatz, denn einen eigenen fröhlichen Fellkameraden zu haben, dem es völlig egal wäre, wie man aussah, der sich einfach freuen würde, weil man da war, das wäre Lilli eine echte Hilfe gewesen.

Stattdessen sah sie seit fünf Minuten in den Spiegel und träumte mit offenen Augen vor sich hin. Fünf Minuten, die sie nicht hatte. Es war so ungerecht, denn wenn man schon völlig auf dem Zahnfleisch daherkam, gingen einem auch die alltäglichsten Bewegungen nicht leicht von der Hand. Lilli hantierte umständlich mit der Zahnbürste, rieb sich mit dem feuchten Handtuchzipfel die Achseln ab und verzichtete aufs Schminken. Sie hätte eh keinen Lidstrich sauber hingekriegt, und die Gefahr war groß, dass sie sich den Kajal ins Auge gebohrt hätte. Lilli starrte das hohläugige Gespenst mit den aufgesprungenen Lippen an, das nun ihrem Spiegelbild so nahe kam, bis sich Atemdampf auf dem Glas bildete. Lilli streckte sich selbst die Zunge heraus.

»Na, da schaust du, was, heute bleibt das mal alles so schön natürlich, wie es ist, schließlich holen wir ein Naturkind ab, das sich sicherlich die Lippen mit Preiselbeersaft rot färbt und ein Parfüm aus Baumharz trägt!« Lilli betrachtete sich im Spiegel, wie sie mit sich selbst sprach, und fühlte sich erbärmlich. Nicht nur wegen gestern Abend und dem heftigen Kater, sondern auch weil sie dieser Milka so gar keine Chance ließ. Von vornherein lästerte sie über das völlig unbekannte Mädchen. Als ob Finnland nicht eines der aufgeschlossensten Länder Europas wäre, mit dem effektivsten Schulsystem und jeder Menge bekannter Künstler.

»Lilli, ich hab keine Ahnung, was gestern Abend mit dir los war, aber ich ahne, was los sein wird, wenn unser Gast in einer Stunde am Flughafen steht und wartet und wartet und wartet, weil der versprochene mustergültige Familienanschluss nicht aufgetaucht ist!« Die Stimme von Lillis Mutter klang exakt so wie die vergangenen Monate. Sie nahm ironisch Anlauf, um sich hochzuarbeiten zu ungeduldigen Monologen, die in Lillis Ohren zu einem verschwommenen Klangteppich wurden.

»Ich bin gleich so weit!« Lillis Antwort kam patzig, während sie aus dem Bad rannte und sich wahllos Leggings und Oversize-T-Shirt schnappte. Kurz warf sie einen Blick in die Küche, wo ihre Mutter ihr einen Becher Kaffee hinhielt. Der scharfe Röstgeruch war eigentlich noch nichts für Lillis Magen, aber sie stürzte das heiße Getränk dankbar runter. Ihre Mutter wuschelte ihr durchs Haar. »Lief nicht gut gestern, was?«

»Eines der Biere war wohl schlecht!«

»Ich hab schon bessere Ausreden gehört!«

»Hm, die Wahrheit ist selten originell, Mum!«

»Die Wahrheit ist *erbarmungslos*, Schatz. Du hast noch drei Minuten, dann kommt die S-Bahn!«

»Boah, ich pack das heute nicht!«

Lilli schnappte sich eine Jacke und lief los, ungekämmt und mit einem nicht mehr ganz taufrischen Schal und, wie sie erst in der U-Bahn feststellte, in Pantoffeln. Kork mit Blümchen. Der Marianengraben war erreicht.

Sandra, Sonntag, 10.30 Uhr

Hätte sie was sagen sollen zu den Pantoffeln? Zu den strähnigen Haaren? Aber am Ende wäre das nur wieder spießig rübergekommen. Man muss die Kinder ziehen lassen. Wer alt genug zum Saufen ist, ist auch alt genug, die Konsequenzen dafür zu tragen.

Sandra rührte parallel mehrere Teigsorten an, während bereits auf verschiedenen Blechen im Ofen goldbraune Kuchenhügel wuchsen. Sosehr sie backen beruhigte, sosehr nervte sie das Aufstehen auch an Sonntagen, um rechtzeitig den Kiosk mit der nötigen Ware zu bestücken. Im Sommer dampfte dann die Wohnung schon um acht wie eine Sauna, denn Sandra hatte einen Profiofen mit der Möglichkeit, mehrere Bleche gleichzeitig zu backen. Im Winter war dieser Turboherd eine echte zusätzliche Heizquelle.

Sandra streifte die mehligen Hände an ihrem T-Shirt ab. In einer Stunde würde sie die süße Ladung ins Auto schaffen und zum Kiosk fahren, in dem eine Josy vom Gastroservice schon auf sie warten würde. Hoffentlich stellte sich das Mädchen geschickter an als das letzte. Wobei Sandra wusste, dass sie verwöhnt war, denn Lilli machte ihren Job ganz ausgezeichnet, auch wenn sie manchmal Löcher in die Luft starrte. Vielleicht sollte sie ihrer Tochter das auch mal sagen?

Aber Sandra war so sehr in ihrem Kummer gefangen, dass sie sich mit dem Loben schwertat. Vielleicht auch, weil sie sich insgeheim wünschte, dass Lilli einmal einen geradlinigeren Weg einschlagen sollte als sie? Oder weil sie es sich selbst übel nahm, ihren Weg nicht gegangen zu sein, und stattdessen wie die Grille mit ihrem Mann um die Welt gezogen war, statt wie eine Ameise auf eine gesicherte Existenz hinzuarbeiten? Jetzt hatte sie eine ungesicherte Existenz und der Mann war auch weg, und in zwei Stunden würde eine Austauschschülerin vor der Tür stehen, die das Gegenteil davon erwartete. Ganz großes Kino, nur dass es die Realität war.

Die Realität war auch, dass Lilli natürlich nicht das Schlafsofa in ihrem Zimmer hergerichtet hatte, auf dem die gute Milka jetzt die nächste Zeit schlafen sollte. Sandra zerrte das bockige Gestell hin und her, bis der Bettmechanismus aufsprang und sich das knuffige kleine Ikeasofa in ein Bett verwandelte. Dann holte sie Bettzeug, Kissen und Decken aus dem Schrank in der Diele und bezog die Schlafcouch mit einem sehr rosa geblümten Überzug.

»Hübsch«, murmelte Sandra und ertappte sich dabei, wie sie Lust bekam, sich mitten in die Blumenwiese zu werfen und ein kleines Powernapping hinzulegen. »Das wirst du schön bleiben lassen, und hör auf, mit dir selber zu reden!«, schimpfte sie sich, während sie in die Küche zurückkehrte. Man konnte nur hoffen, dass Milka keine Steampunkfrau, Gothikmieze oder Tattoohexe war, dann wäre der Überzug falsch gewählt gewesen.

Sandra wuppte zwei Bleche Marmorbomben aus dem Ofen und schob die Traubenküchlein rein. Mit einer halb durchwachten Nacht in den Knochen besserte sich Sandras Laune auch nicht und sie sah sich in einem ewigen Kreislauf aus Mehl, geschmolzener Butter, Glühweinkreationen und den wechselnden Farben des Laubs vor ihrem Kiosk. Irgendwann würde sie auch als welkes Blatt aus ihrem Milchkiosk herausgeweht werden, vor allem, wenn sie weiterhin so miesepetrig drauf war. Aber manchmal konnte man einfach nicht raus aus seiner Haut. Vielleicht würde der Besuch ja die Ablenkung bringen, die sie hier alle brauchten? Und hatte sie sich nicht schon immer eine zweite Tochter gewünscht?

Sie naschte an einer Schüssel mit Restteig, vanillig und süß, und ihre Laune stieg, auf Zucker war eben immer Verlass. Vielleicht würde die kleine Finnin Gefallen am Milchkiosk finden? Und sie hätte schlagartig eine zweite Aushilfe. »Pfui, Sandra, du bist unmöglich.« Lillis Mutter murmelte vor sich hin und musste lachen, weil sie wirklich nicht aus ihrer Haut rauskonnte. Auch das würde sie ändern müssen. Später, zweihundert Kuchen später …

Lilli, 11 Uhr,
auf dem Weg zum Flughafen

Süße, geht's? Kussi Sophie. Lilli starrte auf ihr Handy, als ob sie Sophies WhatsApp-Nachricht erst mühsam entziffern müsste. Sophie hatte ein Emoticon mit rausgestreckter Zunge hinterhergeliefert, das Lilli nun frech angrinste. Lilli, die mit letzter Not die S-Bahn erreicht hatte, rutschte in ihrem Plastiksitz weit hinunter. Nur nicht zu aufrecht sitzen, damit sie das Geruckel weniger spürte. Ihr Kopf fühlte sich an, als hätte jemand Ahornsirup hineingegossen und das Ganze fest verschraubt, ringförmig um ihre dunkel umschatteten Augen, die, so viel hatte Lilli bei einem flüchtigen Blick in das Fenster der S-Bahn mitbekommen, rot unterlaufen waren, sodass Lilli an schlechte Vampirfilme denken musste. Sie knibbelte unbeholfen auf ihrem Smartphone herum, um das richtige Emoji zu erwischen, das als Antwort an Sophie taugte, ein blau angelaufenes Smiley mit Telleraugen und Zackenmund.

Ein Mann mit einer Bulldogge setzte sich ihr gegenüber, die Bulldogge sabberte und glotzte Lilli ähnlich rundäugig an wie das Smiley. Lilli ließ die Hand baumeln, der Hund kam näher. Trotz seiner behäbigen dreißig Kilo war er einer jener sanften Riesen, die sofort menschliche Nähe suchten. Er drängte sich an Lillis Beine und schmuddelte den Sabber auf ihre Hose, aber Lilli war es egal. Sollte er doch. So wie sie heute aussah, würde jede Form von Verzierung eher ein Gewinn sein. Und wer war schuld?

Der Alkohol.

Die Bulldogge rülpste und versuchte, den eigenen Sabber von Lillis Hose zu lecken, die Hose färbte sich an der Stelle dunkel und Lilli registrierte bei der Gelegenheit erneut ihre Pantoffeln. Der Kandidat hat hundert Punkte auf der nach oben offenen Vollpfostenskala!

Nein, schuld war ihr Vater. Er hatte vor zwei Wochen, als die Butter daheim schon ziemlich braun war, doch tatsächlich noch die Idee gehabt, spontan bei diesem Austauschprojekt Deutschland–Finnland mitzumachen. Vor Unzeiten hatte Lilli einmal ein Faltblatt aus der Schule mitgebracht; warum Paps ausgerechnet das aufgehoben hatte, wo er sonst noch nicht einmal seine Steuererklärung wiederfand, war Lilli ein Rätsel. Vielleicht hatte er sich davon häusliches Gleichgewicht erwartet oder Ablenkung für Lilli oder einen Kick, der – *zadong* – alles wieder ins Lot bringen würde.

Und wie durch ein Wunder war die Organisation, die für die reibungslose Abwicklung des Projekts zuständig war, auch noch darauf eingestiegen. Hatte das Formular gemailt, Paps füllte es aus, zurückgemailt, fertig. Ohne groß Lilli zu fragen, was sie eigentlich wollte, hatte Paps, immer mit einem Blick »Ist dir doch recht?«, die Rubriken ausgefüllt: Mädchen, Nichtraucherin, 15 – 17 Jahre. Keine fünf Minuten später kam die Zusage mit einem *Pling* ins Postfach zurückgeflattert: Milka Pulska, 16 Jahre. Bild hing keines dran, denn offensichtlich war auch diese Milka kurzfristig zu dem Projekt angemeldet worden.

»Da, deine neue Freundin ist aus Schokolade!«, hatte Paps gefeixt, als sie den Namen gelesen hatten. Sogar Mum musste lachen, und sie stellten sich vor, dass Milka auch noch in einem lila Outfit erscheinen würde. Vermutlich schön dick eingemummt, weil Lilli sich bei Finnland ewigen Winter vorstellte.

»Vielleicht ist sie ein Mischling?«, fantasierte Mum und fing sich einen strengen Blick von Paps ein, der »Halbfarbige« hinterherschob. Diese Political Correctness war nur mittellustig, fand Lilli damals, und auch Mum hatte schmerzvoll das Gesicht verzogen. Trotzdem war der Moment sicher einer der lustigsten in den letzten Monaten gewesen, der letzte, an dem sie gemeinsam gelacht hatten, auf Kosten der unbekannten Milka und der Assoziationen, die ihr Name auslöste.

Die Bulldogge rieb nun ihren dicken Nacken an Lillis Hosenbein und hinterließ einen Teppich aus kurzen weißen Haaren. Erstaunt beobachtete Lilli, wie ihr Outfit von Station zu Station noch grottiger wurde. Es war wie ein Versuch, bei dem Lilli ihr eigenes Versuchskaninchen war. Die Bulldogge glotzte sie mitleidig an, nachdem sie Lillis Hand noch einmal abgeschleckt hatte und dafür von ihrem Herrchen zurückgepfiffen wurde.

Das Schlimmste, was jetzt passieren konnte, wäre, Philip zu begegnen, dachte Lilli, als sie Herr und Hund hinterherblickte, die zwei Stationen vor dem Flughafen ausstiegen. Ihre Haare hingen zerzaust über einer Jacke, bei der sie sich nicht erinnern konnte, sie angezogen zu haben. Ihre ehemals dunkelgrauen Leggings schauten nun mit einem aparten Muster aus Hundespucke und Haaren unter dem Hänge-T-Shirt hervor, das sie bereits gestern Abend getragen hatte und entsprechend *duftete,* und ihre Füße, die ganz nebenbei auch nicht wie frisch aus der Pediküre aussahen, zierten Pantoffeln, deren Verfallsdatum längst abgelaufen war.

»Nächster Halt Flughafen, Terminal 1 und 2 bitte in Fahrtrichtung links aussteigen!« Die Automatenstimme posaunte durch den Waggon, in dem sich Koffer und Menschen in Bewegung setzten. Nur Lilli klebte scheinbar antriebslos auf dem Plastiksitz fest. Erst im letzten Augenblick riss sie sich los und stolperte auf den Bahnsteig, orientierungslos, denn in ihrem Kopf hatten sich sämtliche Details um Milkas Ankunft ganz offensichtlich auf und davon gemacht. Mit zusammengekniffenen Augen studierte sie die winzige Schrift auf den Ankunftsmonitoren: *Helsinki, arrived. Terminal 2.* Auch das noch, Terminal 2 war elend weit entfernt von der S-Bahn-Station. Jetzt aber fix, was gar nicht so leicht war – in Pantoffeln.

Sandra, 11.15 Uhr

Warum hatte sich Lilli gestern Abend so derart abgeschossen? Sandra bugsierte die Kuchenbleche eins nach dem anderen ins Auto. Klar, die Trennung war erst zwei Tage her, aber der Zustand davor war auf keinen Fall besser gewesen, ganz im Gegenteil. Auch sie, Sandra, hatte sich wirklich nicht mit Ruhm bekleckert, was die Familienkommunikation betraf, das musste sie zugeben. Oder war es immer noch die Sache mit Philip, diesem hübschen Jungen, dessen Gefühle sich über die Sommerferien anscheinend abgekühlt hatten. Nicht schön, aber das war doch normal, oder? In dem Alter? Oder war die heutige Generation anders, bodenständiger, treuer … spießiger?

So nah war sie an ihrer Tochter derzeit nicht mehr dran, dass sie das hätte beurteilen können. Aber natürlich hatte sie gespürt, dass Lilli diesem Philip hinterhertrauerte, zumal der sich bereits die Nächste geangelt hatte. Typisch Mann, wahrscheinlich hatte Christian auch längst eine andere. Und die Einzige, die es nicht wusste, war sie, seine eigene Frau. Wie konnte man so blind sein?

Sandra warf noch einen Stapel gebügelte weiße Schürzen in den Kofferraum und wuchtete einen Kanister mit selbst angesetztem Holunderglühwein auf den Rücksitz. Der Hochnebel hatte schon da und dort Löcher bekommen und ließ ein fahles Sonnenlicht durch. Es würde wieder einer jener Tage mit Kaiserwetter werden, wie man hier in Bayern sagte. Hoffentlich war diese Milka kein Griff ins Klo. Sandra hielt kurz inne und sog tief die Luft ein, die nach Herbstlaub und letzten Sommerblumen duftete – und das mitten in der Stadt. München war an vielen Stellen grün und konnte einem den Glauben an das Landleben in der Stadt zurückgeben. So lange, bis ein ungeduldiger Taxifahrer Sandra aus der Meditation riss, weil ihre Wagentür noch in die Fahrbahn ragte.

»'s nächste Mal stellma uns mitten in d' Fahrbahn, Krampfhenna!«

Sandra zeigte ihm reflexartig den Mittelfinger. Kotzbrocken! Tatsächlich maulte Sandra ihm ein »Wir haben uns alle lieb« hinterher und ließ ihren Adrenalinspiegel absinken, bevor sie ins Auto stieg, in dem es anheimelnd nach warmen Zuckersachen roch.

Lilli, 11.30 Uhr

Helsinki: Gepäck. An jeder Anzeigetafel konnte Lilli die Fortschritte des Helsinki-Flugs sehen, mit dem Milka gerade gelandet sein musste. Von dem richtigen Terminal war Lilli so weit entfernt, dass sie nicht abschätzen konnte, wie lange sie noch dorthin unterwegs sein würde. Auf ihrem T-Shirt hatten sich bereits Schweißflecken gebildet, und die Pantoffeln waren derart hinderlich, dass Lilli sie einfach in die Hand genommen hatte, um schneller vorwärtszukommen. Mann, das fing doch bombig an. Zu spät, zerknautscht, nach Restalkohol und Frischschweiß duftend, mit Bulldoggenschlonz an den Beinen und generell so hoch motiviert wie ein Konzertpianist bei dem Lied *Hänschen klein.*

»Geht das auch freundlicher?« Eine Gruppe Outdoor-Opas, die am Schalter für Teneriffa standen, ranzte sie an, als Lilli zwischen deren Koffern die Ideallinie Richtung Terminal 2 und Gate *Ankunft* durchwandern wollte.

»Steht hier nur für Grufties, oder was?« Lilli raunzte zurück und fing sich zwölf Paar *Die-Jugend-von-heute*-Blicke ein.

Lilli ließ die rüstigen Rentner hinter sich, sparte sich weitere respektlose Kommentare und ging auf eine Traube Menschen am Ende des Ganges zu. Abholer, mit und ohne Blumen, mit und ohne Hunde, mit und ohne Lächeln auf dem Gesicht.

Russische Großfamilien mit Pelzmützen, englische Geschäftsleute mit Regenschirmen und Aktenkoffern, trainierte Frauenkränzchen, die nach Yoga in der Sahara aussahen. Menschen mit null Bock und jeder Menge Hundehaare auf den Klamotten gab es außer ihr nicht, stellte Lilli fest, nachdem sie endlich wieder in die Pantoffeln geschlüpft war, um in dem Pulk nicht auch noch auf die Füße getreten zu werden.

Tatsächlich schien eine Gruppe aus Finnland angekommen zu sein – merkwürdiger Singsang summte Lilli in den Ohren, eine Sprache, bei der die gehäuften Vokale ständig die Tonleiter rauf- und runtersprangen und alles doppelt klang. Alle waren ungefähr in Lillis Alter, und nachdem sie eine Schülerin aus der Parallelklasse in der Gruppe der Abholer erkannt hatte, wusste Lilli, dass hier der berühmte Austausch beginnen würde. Allerdings schienen alle anderen weit besser auf das Zusammentreffen mit den Gästen vorbereitet zu sein als Lilli. Die Menschen erkannten sich, stießen spitze Begrüßungsformeln aus, freuten sich, nahmen in Empfang und marschierten dann zügig davon, in einem Kauderwelsch aus Englisch, Deutsch und wenigen Brocken Finnisch.

Vermutlich völliger Nonsens, aber auf den Ankömmling oder die Ankommerin würde es vermutlich einen heimeligen Eindruck machen, wenn die Gastfamilie mit Mann und Maus dastand und auf sie einredete. Das konnte sich Milka schon mal abschminken, dachte Lilli, die sich unsicher umguckte, wer von den restlichen finnischen Mädchen sich als Milka entpuppen würde. Noch gab es mehrere Möglichkeiten. Einige Mädels standen ziemlich unentschlossen herum, weil sich noch niemand mit spitzen Schreien auf sie gestürzt hatte.

Allerdings entsprachen die so gar nicht Lillis Klischee, das sie sich in den letzten Tagen zurechtgelegt hatte. Fast alle waren groß gewachsen, trugen die Haare zu spitzen Dutts aufgetürmt und staksten auf Ankle Boots in knallengen Klamotten oder fantasievollen Kleidern durch den Flughafen. Von wegen modische Provinz! Lilli schluckte und starrte an sich herunter. Als sie wieder aufsah, fing sie den Blick einer der finnischen Grazien auf. Ein breites freundliches Gesicht mit blitzeblauen Augen, platinblonder Zwiebelfrisur und einem knallroten Mäntelchen, das ihr allerdings nur bis zum Po reichte, wo ziemlich knappe Hotpants mit Fransen für Aufmerksamkeit sorgten.

Milka? Lilli formte den Namen mit den Lippen, ohne ihn auszusprechen. Diese Naturschönheit würde Lilli um drei Köpfe überragen, sie war nach drei Stunden Flug immer noch wie aus dem Ei gepellt und strahlte eine Gesundheit aus, die nach drei täglichen Saunagängen und viel Waldspaziergang aussah.

Kurz bevor sich Lilli durch eine Gruppe japanischer Violinistinnen gearbeitet hatte, die vermutlich auf weitere Musiker-Kolleginnen warteten, da gerade eine Maschine aus Tokio angekommen war, sah Lilli, dass das trendige Naturkind seine Gastfamilie gefunden hatte. Blieb noch ein kleiner schwarzhaariger Pummel, der Lilli zumindest nicht die Schau stehlen würde. Haare bis zum Rücken, was sie noch kleiner aussehen ließ, und ein weißes Gesichtchen, aus dem die Augen und der Mund auffällig geschminkt heraussahen. Der schwarze Mantel, der ihr bis zu den Knöcheln reichte, hatte Tütenärmel und einen Kragen, der locker noch für einen weiteren Mantel gereicht hätte. Aus dem Kragen lugte ein Spitzenschal und die Schuhe schienen direkt aus *Mary Poppins* zu stammen. Riemchen-Pumps mit Absatz, Netzstrumpfhose. Ein bisschen mangalike, wahrscheinlich war sie eine der Steampunkerinnen, von denen alle im Vorfeld gesprochen hatten. Die Finnen waren da ganz heiß drauf, Retrofuture mit viktorianischen Kostümen gemixt und dazu jede Menge Virtual und Real Elements. So jemand würde vermutlich alle Kraft aus der virtuellen Parallelwelt nehmen und sich in Cosplay-Veranstaltungen flüchten, wenn ihm der Stress des Alltags zu viel wurde. Vielleicht wäre das auch eine Lösung für Lilli?

Der Pummel hatte sich in Bewegung gesetzt, und weil der Mantel so lang war, schien sie auf dem glatt polierten Flughafenboden entlangzuschweben – direkt auf Lilli zu. Lilli schluckte. Mit dieser schwarzen Überraschungskugel sollte sie die nächsten zehn Tage ihr Zimmer teilen, mit ihr auf Klassenfahrt nach Weimar fahren und im Milchkiosk aushelfen? Die vermeintliche Milka hatte sich bis auf wenige Meter an Lilli herangepirscht und blieb nun stehen, zückte ein Handy und zwitscherte in ziemlich gutem Deutsch: »Hejo, dos mache ich, jooouu, S-Bahn-Züg, jo, tschüühhüs!«

Nope, das war nicht Milka, und Lilli entfuhr ein Seufzer der Erleichterung, obwohl die Kleine eine Ulknudel zu sein schien, denn sie schwebte grinsend Richtung S-Bahn-Station, ein kleines knallrosa Köfferchen hinter sich herzuppelnd. Als Lilli aufgehört hatte, dem Gesamtkunstwerk hinterherzustieren, sah sie, dass sich der Platz vor dem Abhol-Gate merklich geleert hatte. Die Geigerinnen waren in der Stärke einer Fußballmannschaft abgezogen. Die Russen hatten bärtige Verwandte abgeholt, kurz, der Platz vor der Schleuse, die Reisende ausspuckte, war so gut wie leer. So gut wie …

Lilli sah von hinten nur die Gestalt. Ein olivgrüner Parka mit roten Nähten und einer riesigen Kapuze mit Pelzkragen.

Ein Scheinwerfer, der Lichtspiele in Form eines Zifferblatts auf den Flughafenboden warf und für eine Uhrenmarke warb, sorgte für Gegenlicht. Lilli konnte kaum etwas erkennen, außer eben pelzige Umrisse. Es würde ihr nichts anderes übrig bleiben, als mal um dieses Pelzmonster herumzugehen und zumindest nachzusehen, ob es sich um Milka handelte. Wenn es wahr sein sollte, war diese Milka ein ganz schönes Schlachtschiff. Mindestens eins fünfundachtzig groß, aber die anderen finnischen Mädels waren, bis auf den Pummel, auch nicht gerade Zwerge gewesen.

Lilli setzte sich langsam in Bewegung. Irgendwie hätte sie es vorgezogen, wenn noch ein paar Menschen um sie herumgestanden wären. In der Leere der Abholhalle, die mit ihrem Chrom, Glas und den Marmorverkleidungen einen wahnsinnig aufgeräumten Eindruck machte, wirkte ihr abgefucktes Outfit noch jämmerlicher. Sie würde das dieser Milka erklären müssen, denn wer aus einer wohlbehüteten finnischen Familie kommt und sich ähnliche Verhältnisse bei seiner Gastfamilie wünscht, würde vermutlich nicht so sehr auf Poor-Schick stehen.

Lilli hatte sich bis auf einen Meter an den stehenden Parka herangetastet und wurde nun nicht mehr durch die Lichtspiele irritiert. Was nicht hieß, dass sie nicht irritiert war. Sie sah die verwaschenen Jeans, die über hellbraunen Sneakers endeten, Sneakers in *mindestens* Schuhgröße 45. Der Parka drehte sich um. Helle Tolle, die zusammen mit dem Pelzkragen eine lustige Frisur bildete und die braunen Augen halb verbarg, leichter Bartflaum und ein Grinsen … Moment mal, Bartflaum?! Lillis Blick schweifte ratlos an der Gestalt vor ihr auf und ab, die ganz offensichtlich auf sie gewartet hatte.

»Hey, Lilli?!«

»Ähm, sorry, I am waiting for Milka!« Lilli kam sich vor wie bei *Versteckte Kamera.*

»No, ich bin *Mika*, aber das passiert gern, so ein kleines L!« Dieser Milka-Mika zuckte bedauernd mit den Schultern. »Sorry, das war sicher Fehler von diese Austauschdame. Ich hoffe, das ist keine, wie sagt man, Problem?«

Die raue, dunkle Stimme des Mika ohne L hatte, wenn sie deutsche Worte hervorsprudelte, einen süßen Singsang und Lilli musste grinsen. In Sekundenbruchteilen durchlief ihr Hirn das Szenario, wie es sein würde, wenn sie bei ihrer Mutter, in der Schule und eben auch bei Philip und Nele mit einem Jungen aufkreuzen würde statt eines Mädchens. Und nicht nur *einem* Jungen, sondern einem *Bild* von einem Jungen. Leider machten da ihre Gedanken eine Schleife, und sie sah sich neben dem finnischen Sahneschnittchen, das unter dem geöffneten Parka ein eng anliegendes blütenweißes T-Shirt trug und ganz leicht würzig duftete, als sehr verlottertes hässliches Entlein. Zerzaust und komplett ungestylt. In Pantoffeln. Looser-Lilli oder Lotter-Lilli, ganz nach Geschmack.

»Nice Schuhe!« Mika grinste.

»War nicht so viel Zeit heute Morgen, weil es gestern …«

»…spät wurde? Ich kenne das!« Mika sprach ziemlich gut Deutsch, und auch das machte Lilli keine bessere Laune, schließlich sprach sie kein Wort Finnisch und würde das vermutlich auch nach zehn Tagen Besuch nicht tun. Irgendwas lief hier schief. Ein L war verloren gegangen, was zu einer Geschlechtsumwandlung bei dem Austauschgast geführt hatte, der, um das Paket komplett zu machen, aussah wie der Endrundensieger eines Castingwettbewerbs für Romeos.

Lilli schluckte, und der schale Geschmack, den der gestrige Abend hinterlassen hatte, klebte ihr immer noch auf der Zunge. Sie würde jetzt besser gar nichts mehr sagen, denn bestimmt hatte sie Mundgeruch. Eine Sache, die dieser Typ aus dem Katalog sicher nicht gut finden würde. Überhaupt konnte er jetzt mal aufhören, über ihre Pantoffeln zu grinsen.

»Habt ihr eine Hünd?« Mika zeigte grinsend auf die weißen Adern auf ihren Leggings.

»Nein, nein, das ist, äh nichts, war so eine Idee, so eine Art Batik, hat nicht ganz funktioniert!« Lilli hatte keine Ahnung, wie sie aus der Nummer rauskommen sollte. Sie konnte schlecht auf dem Absatz kehrtmachen und den Jungen einfach hier stehen lassen. Zum einen hatte sie keine Absätze an den Pantoffeln und zum Zweiten kannte er ihre Adresse. Er sah nicht so aus, als ob er in München verloren gehen könnte.

»Na, dann komm, dann wollen wir mal!« Mit der Hand zeigte sie auf den riesigen Seesack, der neben Mika am Boden lag. Sie dachte an ihr Zimmer, das neben einem völlig überfüllten Schrank noch ein Gästebett beherbergte, auf dem Milka hätte schlafen sollen, wäre Mika ein Mädchen gewesen.

»Nur das Nötigste, würklüsch, höhes Ehrenwört!« Mika ohne L hob die Hand zum Schwur und fuhr sich scheinbar nebensächlich durch die Haartolle über seinen Augen, um sie irgendwohin zurückzuschieben. Wahrscheinlich hatte er die Kapuze auf seinem Kopf vergessen, die nun wie ein riesiges Zelt nach hinten klappte und Mikas Kopf preisgab. Blondes Wuschelhaar, oben etwas länger als an den Seiten, aber nicht so radikal, wie manche Jungs den Undercut zurzeit trugen. Lilli vermutete, dass die Tolle nur mit einer Portion Haarwachs so stand, und musste innerlich grinsen, wenn sie an die Aufteilung der Badezimmerzeiten in den nächsten zehn Tagen dachte. Zwei Mädels hätten schließlich noch zu zweit ins Bad gekonnt, ein fremder Junge und ein Mädchen eher nicht. Aber schließlich würde Paps nicht mit seinen unmöglichen Rasierzeiten dazwischengrätschen.

Lilli dachte fieberhaft darüber nach, welche Konsequenzen ein Mika statt eine Milka noch haben würde, und kam zu dem Ergebnis, dass sich eigentlich alles ändern würde. Das ganze Freizeitprogramm, das sich Lilli ausgedacht hatte. Sie wollte Milka mit in die Zumba-Stunden nehmen. Sie sollte im Milchkiosk mithelfen. Welcher Junge würde auf Bedienen und Kuchenbacken stehen? Die Übernachtungsmöglichkeiten daheim: Mum würde es niemals zulassen, dass dieser schnuckelige Kerl bei ihr im Zimmer schliefe. Wahrscheinlich würde ihre Mutter zu ihr ziehen und Mika das Schlafzimmer überlassen, was in Lillis Augen die schlimmste aller Möglichkeiten wäre.

Dann der Auftritt in der Klasse: Wenn eines offensichtlich war, dann die Flirttauglichkeit dieses finnischen Hotties. Und schließlich Philip oder besser Philip und Nele. Lilli lächelte vor sich hin. Dieser Mika würde ihre ultimative Maßnahme sein, um Philip eifersüchtig zu machen. Der kam wie gerufen. In Lilli lief ein ganzes Kopfkino ab. Mit Mika würde sie Philips Aufmerksamkeit kriegen.

»Das ist schön, wenn du lächelst!« Mika hatte den Seesack, der offensichtlich einiges Gewicht hatte, wieder fallen gelassen und musterte sie. Der Arme hatte bisher nur Lillis Muffligkeit abbekommen, die ja ehrlicherweise gar nichts mit ihm zu tun hatte. Sie grinste ein wenig weiter, vorsichtshalber, das würde zumindest von ihren Klamotten ablenken und dem *Duft*, der daraus hervorströmte. Lilli hatte das Gefühl, der ganze Flughafen müsste mittlerweile Kenntnis von ihren letzten zwölf

Stunden haben, was natürlich Quatsch war. Nur wer ganz nah bei ihr stand, konnte es riechen. So wie Mika, der sich zu ihr gebeugt hatte und flüsterte: »Bei uns in Finnland, wenn wir uns begrüßen, wir küssen immer rechts und links auf die hier«, und er deutete auf Lillis Wangen.

»Ja, super, genau, wir auch«, wäre die normale Antwort gewesen. Stattdessen stammelte Lilli was von leichter Erkältung und »Das holen wir nach«. Mann, wie bescheuert kann man sein. Lilli hätte am liebsten laut geflucht. Wenn sie Philip mit dieser finnischen Premiumsahnetorte eifersüchtig machen wollte, müsste sie viel Nähe zeigen.

Sie sah, wie Mika etwas irritiert seinen Seesack wieder aufnahm und sie fragend ansah.

»Dann wollen wir mal zur S-Bahn, ja, sorry, meine Eltern konnten heute nicht kommen, mein Vater ist … ähm, er ist auf einer Messe für Backwaren und Mum arbeitet im Milchkiosk!«

»Entschuldige, Bäckwaren und Milchkiösk, was ist das? Ich habe noch nie gehört!« Mika war wieder stehen geblieben, das mit der Heimfahrt würde sich hinziehen.

»Milchkiosk ist ein kleines Häuschen bei uns im Park, dort kann man etwas trinken, Kuchen essen, Snacks kaufen. Meine Eltern führen diesen Kiosk und meine Mutter ist so etwas wie eine Kuchenkönigin. Ja, und Backwaren, das sind alle Dinge, die in Kuchen drin sind, Hefe, Mehl, Zucker, Aromastoffe, Gewürze. Halt alles, woraus Kuchen oder süße Sachen, also auch Kekse, bestehen.« Lilli hatte keine Ahnung, ob es irgendwo auf der Welt so eine Messe gab, aber als Ausrede gefiel ihr die Idee gar nicht schlecht. Auch wenn so eine Messe nicht vierzehn Tage dauern würde, könnte sie noch einen Backkongress und einen anschließenden Workshop dazu erfinden, und die Abwesenheit von Paps wäre ausreichend erklärt.

»Küchen, Kekse?« Mikas Augen leuchteten kurz auf und verschatteten sich dann wieder. Lilli wunderte sich. Was war denn an Kuchen und Keksen so verkehrt? Das waren in ihren Augen die harmlosesten Dinge der Welt. Na ja, mit Ausnahme der Pfunde, die sie bei regelmäßigem Konsum hinterließen. Aber das war bei ihr auch ein Vorteil – wenn das Zeug jeden Tag zur Verfügung stand, war man irgendwann immun dagegen. Da kam ihr eine Idee. Vielleicht war Mika nicht immun und fürchtete um seine schlanke Linie. »Isst du nicht gern Kuchen?« Sie sah ihn fragend an.

»Doch, doch, es ist nur eine Überraschung!« Er hatte sich wieder gefangen und das unwiderstehliche Lächeln aufgesetzt.

»Eine Überraschung?« Sie hatte es doch gewusst, die Finnen tickten irgendwie anders.

»Ja, weißt du, die Austauschagentur hatte geschrieben, dass ihr habt eine, wie sagt man, Milchfabrik!«

Lilli musste so laut lachen, dass sich alle nach ihr umdrehten. Und das, obwohl sie doch versucht hatte, so unsichtbar wie möglich zu bleiben. Diese Leute in der Austauschagentur hatten anscheinend mit dem Begriff Milchkiosk nichts anfangen können und kurzerhand eine Fabrik daraus gemacht. Vielleicht hatten sie deshalb auch Milka statt Mika assoziiert? Außerdem musste ja auch alles recht flink gehen, da konnten einem schon mal so ein paar unwichtige Details durcheinandergeraten.

»Unsre Fabrik«, Lilli machte Anführungszeichen mit ihren beiden Zeigefingern, »ist insgesamt sechzehn Quadratmeter groß, und die einzige Milch, die es bei uns gibt, ist in Kakao oder Milchkaffee. Es ist ein Büdchen, ein Miniminigasthaus!«

Lilli strahlte Mika belustigt an, der ein völlig ratloses Gesicht machte. So weit waren seine Deutschkenntnisse also noch nicht gediehen. »Büdchen, Münimünigasthaus?«

»Ja, ein Imbiss, eine Bar!«

»Ah, Bar, das kenn ich, dort trinkt man die Hühnerschwänz?

»Hühnerschwänz?« Lillis Laune besserte sich zunehmend, dieser Schnuckelfinne würde zumindest für sehr lustige Wortspiele sorgen.

»Ja, wie sagt man auf Englisch, die Cocktail?«

Lilli prustete: »Nein, keine Cocktails, höchstens Glühwein!«

»Glühender Wein?« Mika verzog das Gesicht, als hätte man ihm angeboten, an einem Vulkan zu lecken.

Um Lillis Beherrschung war es geschehen, sie hängte sich glucksend und völlig hemmungslos an Mikas Arm ein und gackerte Tränen in seinen Parka. Mika stammelte verunsichert: »Aber die Milchfabrik?«

Lilli wedelte mit den Händen, unfähig etwas zu sagen vor Lachen. Sie ahnte, dass die nächsten zehn Tage eines sicher nicht werden würden: langweilig. Und mit diesem echt guten Gefühl, zumindest verglichen mit allen anderen Gefühlen der letzten Wochen, schob sie Mika und seinen Seesack in die S-Bahn nach Hause.

♥

Als sie eine Stunde später – es war durch das Warten am Flughafen und die Rückfahrt bereits Nachmittag – bei Lillis Wohnung ankamen, war sie nur unwesentlich schlauer, was ihren Gast betraf. Denn Mika hatte die Angewohnheit, jede Frage mit einer Gegenfrage zu beantworten. So hatte Lilli jede Menge von sich preisgegeben, aber wenig Persönliches von Mika erfahren. Das Einzige war eine ausführliche Story über die Mumins, Finnlands Nationalfiguren, von der Autorin Tove Jansson erfunden und seit über sechzig Jahren ein Klassiker.

»Es gibt in Suomi nichts, was nicht hat die Mümin, sogar Klöbrillen«, erzählte Mika und drehte seinen Seesack um, damit Lilli den aufgedruckten dicken Mumin sehen konnte, dem ein rot-weiß gestreiftes Handtuch um den Hals baumelte. Lilli wunderte sich zwar, denn sie kannte keinen Jungen, der im reifen Alter von sechzehn mit einer Sporttasche reisen würde, auf der zum Beispiel der Räuber Hotzenplotz abgebildet wäre. Aber irgendwie passte es Lilli auch gut in das hinterwäldlerische Bild, das sie sich von Mika gemacht hatte, als er noch Milka hieß und ein Mädchen gewesen war.

»Was iste deine Figür?« Mika war bei der Frage ganz nah an Lillis Gesicht herangerückt, als eine ruckartige Bremsung der S-Bahn sie an der Stirn zusammenstoßen ließ.

»Autsch!« Lilli rieb sich die Stirn. Es würde keine Rolle spielen, wenn sie zu ihrem verkaterten Gesicht auch noch eine Beule bekäme.

»Autsch«, machte auch Mika und zimmerte sich wieder seine Tolle zurecht, die bei dem Zusammenstoß gelitten hatte. Vermutlich hatte das Autsch der Tolle gegolten. An Mikas Grinsen konnte Lilli erkennen, dass sie nicht falschlag.

»Das macht dümm!«, lächelte Mika den Unfall weg und Lilli musste sich schon wieder beherrschen. Dieser Akzent war einfach zum Quieken.

»Also, was ist deine Figür?« Mika konnte hartnäckig sein, stellte Lilli fest und beschloss, ihn ein wenig auf den Arm zu nehmen.

»Magst du meine Figur nicht? Kannst du sie nicht erkennen?

Okay, die Klamotten sind heute echt crispy, aber sonst …? Lilli war aufgestanden und posierte vor Mika, der sie ein wenig ratlos ansah.

»No, nicht *deine* Figür, die ist, wie sagt man, Zücker? Ich meine deine Bücherliebling als Kind?«

Natürlich hatte Lilli schon verstanden, was Mika gemeint hatte, aber es war so eine Leichtigkeit zwischen ihnen, die richtig Spaß machte, so viel Spaß wie das letzte Mal weit vor den Sommerferien. Eigentlich das letzte Mal mit Philip zusammen, als er noch nicht mit Sekundenkleber an Nele fixiert war.

Lilli ließ sich dazu hinreißen, Mika in die Seite zu boxen. »Ich hab's schon verstanden, ich wollte dich nur aufziehen!«

»Ausziehen?« Mika hatte wieder die Stirn in Falten gelegt und sah einem bekümmerten Bären nicht unähnlich.

»*Aufziehen*, auf den Arm nehmen, verarschen!« Lilli ratterte alle Synonyme herunter, weil sie sich nicht sattsehen konnte an dem drolligen Bärenausdruck auf Mikas Gesicht.

»Oh, ich kann dich ganz leicht auf die Arme nehmen!« Mika war aufgesprungen, allerdings in dem Augenblick, als die Bahn wieder losfuhr. Mit dem Anrucken des Wagens fiel Mika wieder zurück in den Sitz, dabei rutschte ihm die Kapuze über den Kopf, und mit dem Pelzkragen als Rahmen um sein Gesicht sah er nun tatsächlich wie ein Bärenjunges aus.

Wahnsinnig süß, schoss es Lilli durch den Kopf, die keine Sekunde mehr an ihr ramponiertes Aussehen dachte, sondern nur noch daran, wie sie die nächsten zehn Tage nutzen konnte, um Philip mit diesem finnischen Zuckerstück eifersüchtig zu machen und zurückzuerobern.

Sandra, Sonntagabend

Der Sonntag war die reinste Hölle gewesen, also menschenmengenmäßig. Was die abendliche Kasse betraf, hätte sie einen Freudentanz aufführen können. Würde jeder Tag so ein Sonntag sein, sie wäre all ihre Geldsorgen los, könnte Christian auszahlen, wenn er ernst machen würde mit der Trennung, und Lilli dürfte später zum Studieren ins Ausland.

Auf der anderen Seite war heute auch ein Glückstag in Sachen Aushilfe gewesen. Der Gastroservice hatte ausnahmsweise keine Gurke mit zwei linken Händen geschickt, sondern eine erfahrene Serviererin, was sich sofort im Umsatz gezeigt hatte.

Weniger als Glückstag hatte es sich angefühlt, als sie vor einer Stunde nach Hause gekommen war. Zugegeben, sie war groggy gewesen, aber das rechtfertigte nicht, dass sie so gereizt reagiert hatte. Lilli war ihr mit dem Blümchenbettzeug entgegengetreten und hatte sie vorwurfsvoll angesehen. Von der Austauschschülerin war keine Spur zu sehen.

»Was denkst du dir bei der Bettwäsche, Mum?« Dabei hatte Lilli das Bettzeug mit spitzen Fingern geschwenkt, als hätte jemand tote Ratten damit transportiert.

»Ist doch hübsch, bringt Farbe ins Zimmer! Oder gefällt es unserem Gast nicht?« Sandra hatte schon gespürt, dass ihr

Kommentar wieder ein wenig zu spitz ausgefallen war, aber schließlich war die falsche Farbe des Bettzeugs sicher im Augenblick eines ihrer geringsten Probleme.

»Ich weiß nicht, ob es *ihr* gefallen hätte«, Lilli machte eine Kunstpause und sah ihre Mutter herausfordernd an, »aber dass *Mika* darin nicht schlafen kann, ist doch wohl klar!« Bei ihren letzten Worten trat ein blonder, großer, auffallend hübscher Junge mit bärenbraunen Augen aus Lillis Zimmer und streckte Sandra eine kräftige Hand entgegen.

»Hey Sandra, ich bün der Mika, danke, dass ich bei euch sein darf!« Er ratterte den Satz herunter wie auswendig gelernt, und Sandra hatte Mühe zu verstehen, was geschehen war.

»Tja, Mum, Paps hat ganze Arbeit geleistet, als er mit der Austauschagentur verhandelt hat. Er hat *Mädchen* angegeben und herausgekommen ist ein Junge. Aber ein bisschen Schwund ist ja immer. Und außerdem muss sich Paps ja nun nicht damit herumschl…« Lilli hielt inne, denn die unperfekte Familie sollte vielleicht nicht schon in den ersten fünf Minuten auffliegen, auch wenn Sandra nicht wirklich herzlich auf den Gast zugegangen war.

Lilli sah ihre Mutter herausfordernd an. Und Sandra verstand immer noch nur Bahnhof. Dieser zugegeben ziemlich attraktive Teenager hatte ganz offensichtlich ein L zu wenig im Namen, und Sandra hatte dafür ein Problem mehr an der Backe, denn unmöglich konnte dieser süße Kerl jetzt die ganze Zeit in Lillis Zimmer wohnen.

»Ja, Mika, das ist ja ein Ding, damit müssen wir jetzt fertigwerden, was?« Sandra bemühte sich um so viel Lockerheit in der Stimme, wie sie nach einem zehnstündigen Arbeitstag und in einer Lebenskrise noch aufbringen konnte.

»Oh, üch hab gar keinen Pröbleme mit die Rosa, würklich nücht, ehrlüch, verspröchen!«

Sandra musste grinsen. Dieser süße Akzent! Sie erinnerte sich an ihre Sturm- und Drangzeit und an Kolja, den russischen Einwanderer, der im Nachbarhaus eingezogen war. Für ihn hatte Sandra geschwärmt, allerdings nur so lange, bis sie merkte, dass ihre Mutter mit ihrem ewigen Jugendlichsein ebenfalls beide Augen auf ihn geworfen hatte. Kolja hatte auch dieses Bärenhafte und Tapsige gehabt. Frauen tickten wirklich völlig gleich – Bärchenschema, und schon ist kein Halten mehr: knuddeln, in den Arm nehmen, bemuttern. Dabei erinnerte sich Sandra an ihre Pflichten als Gastgeberin.

»Du hast sicher Hunger, Mika, dann wollen wir mal was zu essen machen, was? Und Lilli, du holst einfach neues Bettzeug und beziehst mein Bett. Ich ziehe, solange Mika da ist, zu dir ins Zimmer! Ich hab nichts gegen rosa Blümchenbettwäsche!« Sandra kringelte mit ihren Händen Kreisbewegungen in die Luft, als ob es sich bei rosa Bettwäsche um eine besondere Form des Kiffens handeln würde, und verschwand, ohne Lillis Kommentar abzuwarten, in die Küche, wo sie die Töpfe übertrieben laut auf dem Herd platzierte.

Lilli, Sonntagabend

Großes LIP: Lilli im Pech! Mika tappte hinter Lilli her, die ruckartig die Bettsachen ihrer Mutter neu bezog, weil sie vor Wut kochte. Wie scheiße können Mütter sein? Auf der Skala von eins bis zehn hatte ihre Mutter stolze neun Punkte erreicht und sie würde mühelos auf zehn klettern nach zehn Tagen zusammen in einem Zimmer.

»Büst du säuer?«, fragte Mika, während er mit einem Bezug kämpfte, den Lilli ihm wütend hingeworfen hatte.

»Ne, lass mal, ist nur, weil meine Mutter so über meinen Kopf hinweg bestimmt, was richtig und was falsch ist. Als ob wir es nicht zehn Tage gemeinsam in einem Zimmer aushalten könnten?«

»Deine Mütter ist eine klüge Frau. Ein Junge, ein Mädchen in einem Raum, nachts. Also bei üns in Suomi sagt man so: Bären, die sich eine Höhle teilen, müssen küscheln können!«

Diese Finnen! Lilli fiel von einem Lachanfall ergriffen vornüber in das Bett ihrer Mutter. Vielleicht würde dieser Mika mit seinem *Genüschel* alle Probleme lösen, weil man sie einfach weglachen würde. Finnisch für Problembären!

»Kinder, Essen!« Die Stimme von Lillis Mutter tönte aus der Küche und Lilli konnte Mikas Vorfreude auf den Futtertrog förmlich sehen.

♥

In der Küche hatte Sandra den einfachen Holztisch mit einer weißen Tischdecke und dem bunten Geschirr ihrer Mutter gedeckt. Ein Gemüseauflauf dampfte dazwischen, und zur Dekoration hatte Lillis Mutter rötliche Blätter vom Wilden Wein zwischen Tellern, Schüsseln und Gläser gestreut. Lilli traute ihren Augen nicht, so viel Sorgfalt beim Essen war schon lange nicht mehr. Aber besser, sie kommentierte es jetzt nicht, sonst würden nur wieder Diskussionen folgen. Zumindest das erste gemeinsame Essen mit Mika sollte friedlich verlaufen.

»Das ist zauberbar!« Mit einer kleinen Verbeugung hatte Mika Lillis Mutter den Portionierlöffel aus der Hand genommen und begann Gemüseauflauf zu verteilen. Allerdings schrien Lilli und Sandra gleichzeitig stopp, als Mika dicke Berge auf die Teller schichtete.

»Nicht so viel, Mika, wer soll denn das essen?« Lilli war zum einen kein besonders großer Freund von Gemüseauflauf und zum anderen machten sie große Portionen nur vom Anblick schlagartig satt. Das hatte sie von ihrer Mutter, die – das nahm Lilli aus den Augenwinkeln wahr – auch schon schluckte.

Lillis Mutter lachte zwar, aber Lilli sah deutlich, was in ihrem Kopf ablief: *Wie soll ich den satt kriegen, wenn er Portionen gewöhnt ist, die bei uns für eine Woche reichen?*

»Oh, sörry, ich Schüssel, manchmal vergesse ich, dass ich nicht im Clüb bin!«

»Im Club?«, fragten Lilli und ihre Mutter im Chor.

»Ja, die Eishöckyclüb, sagt man so?«

»Ja, fast.« Lilli musste aufpassen, dass ihr der Gemüseauflauf beim Lachen nicht aus der Nase kam.

»Wir in Hämeenlinna sind verrückt für Eishöcky. Jeder

spielt, auch Mädchen. Im Winter, wenn die See zu Eis wird, spielen wir auch dort, sonst in der größten Halle. Wir sind sehr stölz darauf. Viele deutsche Nationalspieler kömmen aus Hämeenlinna!« Bei den Erzählungen aus seiner Heimatstadt glühte Mikas Gesicht. Vielleicht lag es aber auch an der dritten Riesenportion, die er sich gerade auf den Teller gewuchtet hatte, während Lilli und ihre Mutter noch in der ersten Ladung herumstocherten.

Lilli wusste genau, was ihre Mutter dachte: *Oh Gott, ein finnischer Bär mit Bärenhunger und einer Bärensportart.* Aber erstaunlicherweise lächelte ihre Mutter dabei vor sich hin, als sie ihn fragte.

»Mika, und du bist auch so ein Eishockeyspieler?«

»Jau, niemand ist nicht bei HPK Hämeenlinna, außer er hat Bein ampütiert oder ist blind, oh no, stimmt gar nicht, dann machen wir Para-Games mit Spezialstöckchen und Spezialpück. In Hämeenlinna im Winter alle laufen in Wattemänteln und Schlittschüh eine kleine leuchtröte Pück hinterher. Schwarze Pück ist dümm, weil es immer schnell dünkelt.«

Lilli und ihre Mutter schlugen gleichzeitig mit den Fäusten auf den Tisch, um den Lachreiz zu unterdrücken. Lilli weinte Lachtränen in ihre Serviette.

»Ist kein Witz«, fuhr Mika unbeirrt fort. »Ganz Hämeenlinna ist mit Flütlicht hell, und man sagt: In Hämeenlinna kömmen die Babys mit Küfen auf die Welt und lernen Eislaufen vor dem Krabbeln. Aber ich höre jetzt auf, bevor ich ein Langweiler bin, und möchte das Geschenk überreichen.« Er sprang auf, lief in Sandras Schlafzimmer, wo er seinen Mumin-Seesack auf das Bett geleert hatte, und kam mit einem schmalen, leicht quadratischen Päckchen zurück.

»Für euch!« Er hielt das Geschenk zwischen Lilli und ihre Mutter und beide griffen danach. Typisch. Doch Lillis Mutter ließ ihr überraschend den Vortritt. Lilli schälte das Geschenkpapier herunter, das passenderweise Schlittschuhe in Neonfarben zeigte, und beförderte eine CD hervor.

Jean Sibelius' *Finlandia*, eingespielt vom Helsinki Philharmonic Orchestra.

Lilli stutzte. Das war eindeutig Klassik. Irgendwie bekam sie das gerade nicht zusammen. Derselbe Junge, der ihr gerade vom flutlichtbestrahlten Hämeenlinna erzählt hatte, in dem bereits die Neugeborenen Eishockey spielten und kleinen roten Scheiben nachliefen, dieser Junge hatte ihr gerade eine Klassik-CD geschenkt?

»Sibelius ist neben Eishöcky die größte Hit aus Hämeenlinna. Er ist da geboren!« Mika zuckte mit den Schultern, als ob es ihn selbst wundern würde, dass man auch ohne Schlittschuhe, Puck und Schläger berühmt werden konnte, doch dann setzte er hinzu: »Das ist die schönste Müsik der Welt, ehrlich.« Dabei verbeugte er sich wieder leicht und lief rosa an. Lilli wusste nun genau, dass dieser Mika ihr Stimmungsaufheller für die nächsten Tage werden würde. Wobei Eishockey so ziemlich das Hinterletzte war, was sie interessierte, nach Sibelius.

Lilli, Montagmorgen

Natürlich hatte Lilli ihrer Freundin Sophie noch am Sonntagabend ein Foto geschickt: Mika von hinten, verborgen von seinem Mumin-Seesack, den er über der Schulter trug. Große Pelzkragensilhouette und Gegenlicht. Dass Mika nicht Milka war, behielt Lilli für sich. Die Gefahr war zu groß, dass Sophie als WhatsApp-Plaudertasche das alles in Windeseile im Klassen-Chat verbreiten würde. Den Gag wollte Lilli ganz für sich allein auskosten.

Richtig diebische Freude machte es ihr, Mika zu beobachten und sich auszumalen, was am Montagmorgen passieren würde. Und das alles, nachdem ein Abendessen mal nicht im Streit oder mit mieser Stimmung endete. Nachdem sie erfahren hatten, dass Jean Sibelius fünf Kinder hatte und dreißig Jahre vor seinem Tod aufhörte zu komponieren und dass 2011 Sibelius-Jahr gewesen war und keiner den Sound der Finnen besser einfangen konnte als er. Außer vielleicht noch Tove Jansson, die Schöpferin der Mumins, und die Trainer vom HPK Hämeenlinna. Alles klang nach weiten Seen zwischen weißen Birken, dicken Trollen, endlosen Blaubeerwäldern und ständig musizierenden Finnen im Tanzfieber.

Heute, am Montagmorgen, sah Lilli alles etwas nüchterner, vor allem als Mika eine halbe Stunde nicht aus dem Bad herauskam, weil er vermutlich seiner Tolle den letzten Schliff verpassen musste. Außerdem wurde Lilli bewusst, dass sie von Mikas familiärer Situation so gut wie nichts erfahren hatte. Vielleicht war in der Schule dafür Gelegenheit, aber dazu mussten sie überhaupt einmal in der Schule ankommen und nicht hektisch zwischen den Zimmern herumlaufen, begleitet von Lillis Mutter, die mit der neuen Aufteilung auch etwas überfordert war und ständig Mika um Entschuldigung bat, wenn sie in ihr eigenes Schlafzimmer wollte, um Kleider herauszuholen. Einen Vorteil hatte aber die veränderte Zimmersituation: Keiner von ihnen konnte mit der gewohnten Routine den Morgen beginnen, also fiel auch die Routine des Streitens, Missverstehens und Anschweigens weg. Ganz im Gegenteil, Mika sorgte dank seines originellen Dialekts sofort für Stimmung.

»Lilli, kann ich die Zücker für den Kaffee?«, »Mit wie viel Schülern werden wir heute rechnen?«, »Soll das ein Pröblem werden, weil ich nicht Milka, sondern Mika bin?«

Ja, das hatte sich Lilli allerdings auch schon gefragt, vermutlich könnte das ein Problem werden. Vor allem für die anderen. Also lächelte sie Mika an, tätschelte seinen Arm und sagte: »Das wird chillig, mein Lieber, alle werden total begeistert sein.«

Wie recht sie haben sollte, sah sie eine halbe Stunde später, als sie mit Mika in den Schulhof einlief, wo bereits Sophie und ein paar andere Grazien aus ihrer Klasse zusammenstanden, um die Neuigkeiten des Wochenendes durchzuhecheln.

Mika schlurfte nicht allzu schnell neben Lilli her, vermutlich, weil er doch ein wenig Bammel vor der neuen Situation, den neuen Menschen und der neuen Schule hatte. Als Lilli dann Sophies Gesicht sah, nachdem sie Mika vorgestellt hatte, natürlich zusammen mit der kleinen Story über das verlorene L, war ihr klar, dass Mika für genug Gesprächsstoff sorgen würde. Sophie hatte augenblicklich vom gelangweilten Montagmorgen-Modus in den Freitagabend-Ich-will-Spaß-Modus umgeschaltet und sich geschickt neben Mika platziert. Hätte sich Lilli denken können.

Ihr großer, braunäugiger Gast strahlte die Mädchenrunde an wie den Siegerpokal des HPK Hämeenlinna nach gewonnener Meisterschaft. Lief doch prima, dachte Lilli, obwohl ihr Sophies Hand auf Mikas Unterarm doch als ein bisschen too much erschien für die ersten fünf Minuten. Wo sind wir denn? Am Schulhof, fünf vor acht, und außerdem brauchte Lilli Mikas ganze Aufmerksamkeit für das, was ihr noch bevorstand: die Begegnung mit Philip und Nele.

Sie musste nicht lange warten und konnte gerade noch rechtzeitig Sophie mit einem Stapel Bücher ablenken, die sie ihr schon längst hatte zurückgeben wollen. Um die Bücher in Empfang zu nehmen, brauchte Sophie beide Hände, und Lilli nutzte die Gunst der Sekunde und hakte sich bei Mika unter. Ein ganz klein wenig lehnte sie sich auch gegen ihn und roch den würzigen Duft irgendeines Rasierwassers an dem Pelzkragen seines Parkas. Auch nicht das Schlechteste, um einen Tag, eine Schulwoche zu beginnen und vor allem, um Eindruck bei seinem Ex zu schinden.

Philip trug Neles Schultasche lässig zusammen mit seiner über die Schulter geworfen, obwohl Neles Tasche aussah, als würde sie ihren gesamten Hausrat damit befördern. Seine freie Hand hatte er Nele um die Schulter gelegt, die heute mal ausnahmsweise auf leisen Sohlen und in hellblauen Ugg Boots in die Schule kam. Ugg Boots, in denen nackte Beine steckten, die in einer sehr kurzen Hose endeten, und darüber ein Oversize-Pulli, der sie noch zierlicher wirken ließ. Hellblau ist das neue Rot, dachte Lilli und starrte ein wenig zu lange auf die provozierend fröhlichen Stiefelchen, die im Kontrast zu den nackten Beinen standen und schon deshalb jedermann zum Hinsehen animierten. Auch Mika musste hinsehen. Auf die Idee war Lilli noch gar nicht gekommen: Wenn Mika sich für Nele interessieren würde, wäre es genial, denn dann hatte Philip den Schwarzen Peter und sie könnte sich tröstend um ihren Ex kümmern. Philip, der Nele ein wenig fester zu sich rangezogen hatte, als er Mika in der Gruppe Mädels um Lilli herumstehen sah. Vermutlich ganz unbewusst, dachte Lilli, die immer noch hinsehen musste, wie sich Neles Augen weiteten, je näher sie zu Lillis Gruppe kam.

Lilli konnte es mit der Vorstellung ihres Überraschungsgastes nicht schnell genug gehen.

»Hallo Philip, Nele, das ist Mika, die neue Austauschschülerin aus Finnland!« Lilli grinste, Mika grinste auch, weil er das mit dem falschen Geschlecht nicht verstanden hatte, aber grundsätzlich gut gelaunt war, wenn er das Wort Finnland hörte.

Sophie gluckste, und Philip starrte irritiert Mika an, während Nele einen Tick zu fix ihre Hand ausstreckte, um Hallo zu sagen.

»Hi, ich bin Nele. V e r s t e h s t d u u n s ?« Ihre gedehnte Frage hatte sie mit gefühlten zweihundert Augenaufschlägen unterstrichen und einem Blick, so von unten herauf, der vermutlich heißen sollte: *Ich bin doch wirklich süß, vor mir brauchst du keine Angst haben, und wenn du was nicht verstehst, dann übersetze ich es dir.* Lilli hätte abkotzen können, obwohl eigentlich alles nach Plan lief und Nele ihr beziehungsweise Mika wie die Fliege auf den Leim ging.

»Süper, danke, ich spreche ein kleines büsschen Deutsch!« Dabei klapperte er ebenfalls zweihundertmal mit den Lidern über seinen braunen Bärenaugen und entlockte Sophie, Nele und den drei Grazien aus der Parallelklasse ein Kichern. Höchste Zeit, Philip mit ins Boot zu holen, fand Lilli und drehte sich zu ihm um.

»Philip, das ist Mika, ja er ist ein Junge, weil die großartige Agentur ein paar L zu viel hatte oder mein großartiger Vater zu dusselig war, den Antrag richtig auszufüllen.« Weiter kam Lilli nicht, weil Philip ein besorgtes Gesicht machte.

»Was ist mit deinem Vater, Lilli?«

Lilli verstand nicht ganz. Wie konnte Philip was vom Auszug ihres Vaters wissen?

»Na, weil ich gestern ...« Weiter kam Philip nicht, denn Nele fiel ihm einfach ins Wort und schnabelte drauflos.

»Das ist ja total *süß*, Lilli, da können wir doch mal was zu viert machen, das wird supi, das spüre ich!«

Nach Neles Einwurf änderte sich die Stimmung schlagartig, allerdings bei allen aus unterschiedlichen Gründen. Die drei Grazien sahen sich vielsagend an und starrten dann intensiv auf ihre Smartphones, vermutlich, um sich via WhatsApp über die Situation auszutauschen. Sophie bekam einen Eisblick, zum einen, weil zu viert hieß, dass sie nicht dabei war, und weil sie klar erkannte, dass Nele ein Auge auf den Finnen geworfen hatte. Philip guckte leicht säuerlich, weil sein Bedarf an männlicher Konkurrenz bei Ausflügen zu viert ganz, ganz gering war.

Lilli schluckte, denn mit dem Vorschlag war sie zwar bei ihrem Programm *Wie mache ich Philip eifersüchtig* ziemlich weit gekommen, hatte allerdings nicht auf dem Plan, dass Nele diesen Part übernehmen würde. Und schließlich Mika, der einfach nur höflich sein wollte und Nele versprach: »Für mich passt süper!«

Leider verfehlte Mikas drollige Aussprache dieses Mal seine Wirkung. »Wir müssen jetzt!« Philip, der einen roten Fleck auf der Stirn bekommen hatte, was immer geschah, wenn er sich aufregte, schubste Nele ein wenig zu schroff in Richtung Schultür, die das sofort mit einem »Boah, bist du super drauf heute!« beantwortete.

Die drei Grazien verzogen sich, Händchen vor dem Gesicht wedelnd und mit roten Backen vom Luftanhalten, um nicht laut rauszuprusten. Lilli hängte sich bei Mika ein und zog ihn mit sich. Sophie ließ ein »Na, willkommen im Club der roten Gesichter« hören und stolperte hinter Lilli und Mika her. In Mikas Gesicht hingegen konnte man deutlich viele Fragezeichen erkennen. Er hatte jetzt einiges nicht verstanden, und das lag nicht an Deutsch als Fremdsprache.

Sandra, Montagmorgen

Das hatte ihr gerade noch gefehlt: ein halbwüchsiger Kerl im Haus und eine Tochter, die alles tun würde, um sie zu ärgern. Dazu die nicht wirklich glückliche Situation mit den Zimmern und der Anspruch, es jetzt zehn Tage als perfekte Familie hinkriegen zu müssen. Ohne Vater. Lilli hatte ihr die Ausrede mit der Backwarenmesse gesteckt, und Sandra musste zugeben, dass die Lüge die beste aller Ideen war. Vielleicht würden sie es durchhalten können. Die Anekdote mit der Milchfabrik fand Sandra köstlich. *Lost in Translation* fiel ihr dazu nur ein, und sie stellte sich gerade vor, wie es Mikas Vater aufnehmen würde, wenn er erfuhr, dass die Fabrikantentochter leider, leider nur die Tochter eines Würstlbudenbesitzers war. Denn nichts anderes war ihr Milchkiosk: eine etwas hippere Wurstbude mit Bio-Siegel.

Aber auch das musste Mikas Vater nicht erfahren. Vielleicht konnte man auf den finnischen Sonnenschein einwirken und er würde die Neuigkeit nicht gleich seinem Vater kolportieren? Auf eine kleine Lüge mehr oder weniger kam es jetzt nicht an. Sandra sah auf ihr Handy, um festzustellen, dass sie ziemlich fix machen musste, um ihr Programm heute zu schaffen: Einkaufen für den Rest der Woche, ins Fitness gehen, Umsatzsteuererklärung fertig machen, Tischdecken, Schürzen und Geschirrtücher von der Wäscherei holen, den Getränkemann mit der Wochenlieferung abfangen, den Kiosk mit einem Großputz auf Vordermann bringen, eine abgesprungene Leiste ans Dach nageln und die Olivenbäume, mit denen sie den kleinen Kioskgarten abgegrenzt hatte, um ein wenig Toskana-Flair aufkommen zu lassen, in ihr Winterquartier bringen.

Heute war im Kiosk Ruhetag, und Sandra hatte das Gefühl, auf sie würde noch mehr Arbeit warten als an den übrigen Tagen. Tatsächlich war es ja auch so. Christian fehlte hinten und vorne und ihr Blick auf das Handy galt natürlich auch den SMS. Hatte er sich gemeldet? Würde er mal sagen, wie es weiterginge? Konnte sie es wagen, diesen Mika vielleicht zu ein wenig Mithilfe zu bewegen? Oder würde ihr dann die Austauschagentur aufs Dach steigen? Aber mal ganz ehrlich, wer zu blöd ist, Namen und Geschlecht seiner zu vermittelnden Schützlinge richtig anzugeben, der sollte sich bei solchen Dingen zurückhalten.

Sandra hatte die Betten in Ordnung gebracht, eine Waschmaschine angeworfen, die Reste vom Frühstück beseitigt und sich selbst in einen akzeptablen Zustand gebracht. Jetzt noch einen Espresso, die Ruhe vor dem Sturm, bevor der Tag sie auffressen würde.

Keine zwei Sekunden später taten die Röststoffe und das Aroma seine Wirkung. Sandras Finger tippten bereits auf der Tastatur ihres Handys herum. Sie wollte nicht länger auf ein Zeichen von Christian warten, sondern übernahm die Initiative.

Meld dich bitte, wir haben auch noch ein Geschäft! – Nein, zu schroff.

Ich brauche deine Hilfe, der Kiosk! – Zu kleinmütig.

Schaffe es nicht allein! – Das war gut, aber hoffentlich meinte Christian dann nicht, dass sie die Trennung nicht alleine schaffen würde.

Wir müssen die Dinge regeln! – Zu rational.

Will dich nicht drängen, aber wir brauchen Klärung, was den Kiosk angeht! – Das war gut, richtig gut. Das sollte sie speichern und bei passender Gelegenheit abschicken, allein schon, es geschrieben zu haben, war ein gutes Gefühl. Es war einfach noch zu früh. Sie konnte nicht schon nach drei Tagen ihre Hilflosigkeit eingestehen. Auf der anderen Seite hatte dieser Satz auch was Endgültiges.

Sandra begann wieder zu zweifeln. Mit diesem Satz wäre die Trennung kein vorübergehender Zustand, sondern ein Fakt, den es zu regeln galt. Sie drückte auf ihrem Handy herum, mit dem sie noch nicht vertraut war. Es war ein anderes Modell als der Vorgänger und sie hatte sich noch nicht an die neuen Benutzertools gewöhnt. Echt altes Eisen. Kein Jugendlicher würde so lange herumkaspern, wenn er ein neues Handy hätte, er würde zap, zap, zap machen, hätte sämtliche Kontakte auf allen Netzwerken synchronisiert, hätte sich E-Mail und Facebook draufgepackt, und ab ging's.

Sandra quälte sich schon seit drei Wochen mit der Betriebsanleitung und sämtlichen digitalen Hilfsangeboten ab, um Klingeltöne, Tastentöne und Hintergrundbilder so einzustellen, dass SMS nicht mit kreischenden Fieptönen eintrudelten, plötzlich sich auffressende Wasserblasen als Bildschirmschoner auftauchten oder eingehende Anrufe mit der Melodie *Schatzi, ich schenk dir ein Foto* ankamen. Wo war noch mal das Speichertool und wohin bitte speicherte dieses kleine semiintelligente Ding das dann? Sandra drückte unkoordiniert herum, als sie auch noch durch ein Geräusch abgelenkt wurde. Ein schwaches Brummen aus ihrem Schlafzimmer. Eine Melodie, verträumte und dabei wuchtige Klänge. Anschwellende Lautstärke. Was wäre das Leben ohne Klingeltöne? So konnte sie sich nicht konzentrieren.

Ihre Bewegungen auf dem Handy wurden hektisch. Völlig idiotisch war das, was ließ sie sich durch fremdes Gebimmel hetzen? Christian konnte es stundenlang klingeln lassen. Das hatte sie auch wahnsinnig gemacht. Andererseits hatte er recht. Nur weil jemand anrief, musste man noch lange nicht springen, doch dieses Wunschkonzert aus ihrem Schlafzimmer hatte etwas Magisches. Sie musste hin und suchte die Tastensperre.

Wollen Sie dieses Fenster wirklich schließen? Sie haben Ihre Nachricht noch nicht versendet. Mann, was wollte diese Maschine von ihr? Senden, schließen? Die Melodie wurde immer lauter. Sandra drückte. *Gesendet.* Mist, Mist, Doppelmist. Sie warf das Handy in die Sofaecke und raste in ihr Schlafzimmer, das bereits wie eine Jungshöhle aussah. Socken, Kleidungsstücke in unterschiedlichen Verknotungen auf dem Bett verteilt. Ladekabel, iPod, Haargel, ein Buch mit einem unaussprechlich langen Titel, ein Stapel Postkarten, die aussahen, als ob sie schon eine Weile in einer Hosentasche herumgetragen worden wären, und ein Smartphone von Nokia. Also doch. Und aus dem kleinen Gerät kamen auch die Töne.

Sandra erinnerte sich schwach, dass es genau die Melodie dieser *Finlandia* von Sibelius war. Unglaublich, hatte dieser Junge doch tatsächlich so einen prätentiösen Klassiker als Klingelton. Die spinnen, die Finnen, schoss es Sandra durch den Kopf, als sie das Handy hochnahm, um auch dort fahrig nach einer Möglichkeit zu suchen, den Ton abzustellen. Sie drückte herum, seitlich und auf das Display. Noch nicht einmal passwortgeschützt war es. Sandra hätte jetzt mühelos seine Korrespondenz – oder wie nannte man das beim Smartphone, seinen Handyverkehr – checken können, aber der Ton nervte weiter in Orchesterlautstärke. Wo war bei diesem Ding der Aus-Knopf? Sie wischte wie eine Verrückte auf der Oberfläche herum. Der Ton verstummte und eine tiefe, raue Männerstimme rief »Mika«, und der Rest verschwamm in Sandras Ohren zu einem: »Kiolaaallsöremuutaallaaasjöndrlakinnenmitsonsaaalaikinnen …«

»Hallo?« Sie hatte das Handy an ihr Ohr gehoben.

»Hey, hallo!« Die raue Stimme stutzte.

»Ich bin Sandra, Lillis Mutter, hallo!«

»Hey Sandra, how are you, I am Yrjärä from Hämeenlinna! Wie geit es mein Sohn Mika? Is he allright? He didn't call me yesterday after his flight to Munich. So vielleicht dü kannst mir die Sätze sagen, wie er fühlt?« Die raue Stimme flog die Tonleiter rauf und runter, sprang zwischen den Sprachen hin und her, denn zwischen den englischen und deutschen Satzstücken hatte er noch finnischen Singsang eingeflochten. Es hörte sich an wie eine unendlich weise Stimme aus dem Wald, ein wenig wie Gandalf in der *Herr der Ringe*-Verfilmung.

»Mika geht es gut, er ist gerade mit meiner Tochter in der Schule!«

»Das ist great, so du bist die Mütter?«

»Ja!«

»Und du büst nicht busy für die Mülchfabrik?«

Sandra musste kichern.

»Nein, heute ist Ruhetag!«

»Aber die Mülch, würd sie nicht sauer sein?«

»Oh nein, das ist ein Missverständnis.« Sandra kicherte.

»Welche Miss versteht nicht?« Yrjärä hatte mit dem Deutschen wohl doch Mühe, auch weil die Leitung denkbar schlecht war und Sandra die Stimme von Mikas Vater immer doppelt hörte.

»Wir haben keine Fabrik!«, schrie Sandra, die das Gefühl hatte, gegen den Hall in der Leitung ankämpfen zu müssen.

»Keine Fabrik?«

»Keine Fabrik!«

»Auch kein klein Fabrik?«

»Gar keine. Warum ist das so wichtig?« Und Sandra wollte schon anfügen, dass sein Kind auch nicht das bestellte Mädchen war, sondern ein ausgewachsener junger Mann, aber da überlagerten sich die Töne im Satellitennetz und dann war die Leitung tot.

Sandra legte das Handy aufs Bett zurück und betrachtete den schwarzen Bildschirm. Was auch immer dieser Yrjärä Pulska für einen Narren an der Milchfabrik gefressen hatte, seine Stimme war eine Wucht und brachte Sandra endlich in den Schwung, den sie für den Tag brauchte. Die SMS an Christian hatte sie jedenfalls völlig vergessen.

Lilli, Montagvormittag

Julius Bär junior. Wer bitte wird Lehrer mit so einem Namen? Da sind doch die Lacher schon verteilt, bevor er auch nur Guten Morgen sagen konnte. Noch dazu, wenn man die Statur eines Bisons und das Gesicht eines Mausmakis besaß. Das hatte Lilli am Anfang des Schuljahrs, wie alle anderen in der Klasse auch, gedacht, als sich ihr neuer Klassenlehrer mit einem kleinen Baum im Topf und einem Stapel Reclam-Heftchen mühsam durch die Tür quetschte und dann mit einem erleichterten »Soderla« seine Last auf das Pult plumpsen ließ.

Der Stapel quietschgelber Reclam-Hefte rutschte in einer einzigen Bewegung über den Pultrand und plumpste in den Fußraum vor der ersten Reihe. Fünfundzwanzigmal *Die Leiden des jungen Werther*, was von der Klasse mit einem muffigen Stöhnen kommentiert wurde. Der kleine Baum wippte noch lange bedenklich hin und her, bevor sich das sehr dünne Stämmchen mit seinen paar Blättern wieder beruhigte. Die Blätter waren fast größer als das ganze Bäumchen, das eher einem schwankenden Grashalm glich als einem Baum. »Ich bin der Bär«, stellte sich dieser knuffige Mann dann auch noch vor und fünfundzwanzig Lacher waren ihm sicher.

Daran musste Lilli in der ersten Stunde an diesem Montag denken, als ihr Deutschlehrer, Julius Bär, sie bat, Mika vorzustellen. Natürlich erst, als er dem kleinen Bäumchen, einem noch recht jungen Ginkgo, mit dem Zeigefinger auf den Blattrand getippt und »Na, alter weiser Mann« gemurmelt hatte. Sein Ginkgo. Bärs Ginkgo oder auch Goethes Ginkgo, denn darum ging es.

Sie heftete den Blick auf den kleinen Baum, der seit Bärs erstem Auftritt am Fenster stand und von ihm jede Unterrichtsstunde mit eben jenem »Na, alter weiser Mann!« begrüßt wurde. Ein Bäumchen mit merkwürdig zweiflügeligen Blättern, die man mit ein wenig Fantasie auch als Herzen deuten konnte, die sich nun langsam herbstlich gelb färbten, aber sich immer noch wacker an dem mageren Stämmchen festklammerten.

Lilli hätte am liebsten gesagt: »Das ist Mika, der mal als Mädchen ankommen sollte, bis er auf dem Weg von Finnland nach Deutschland sein L verloren hat. Er spielt Eishockey zu den Klängen finnischer Klassik. Und im Übrigen ist er an der Milchfabrik interessiert, die meine Eltern betreiben.«

Natürlich sagte Lilli nichts dergleichen, sondern starrte unverwandt den Minibaum an. Ein Ginkgo, hatte Bär ihnen gleich in der ersten Minute erklärt, als sich die Klasse noch nicht von ihrem Erstlacher erholt hatte, sei ein Mythenbaum, ein lebendes Fossil, der letzte einer Samenpflanze, die seit Urzeiten die Erde begrünte. Ginkgos könnten zweitausend Jahre alt werden. Es gäbe männliche und weibliche Bäume, aber das könne man erst nach dreißig Jahren mit Gewissheit bestimmen, und deshalb sei jetzt für ihn, Julius Bär junior, dieser Baum erst einmal ein Mann. Sorry Mädels, hatte er noch angefügt, aber mit den Gefühlen von Männern würde er sich nun mal besser auskennen. Das würde die Sache erleichtern.

Mit solchen entwaffnenden Sätzen sicherte er sich die Gunst

der Mädels und holte die meisten Jungs gleich mit ins Boot. Auch Lilli hatte plötzlich einen ganz anderen Blick auf den tapsigen Lehrer bekommen, der hinter einem wolligen Vollbart vermutlich ein Kindergesicht verbarg. Was mag ein tausendjähriger Baum alles gesehen haben, hatte Bär mit einem verträumten Blick damals angemerkt und nicht einmal mit der Wimper gezuckt, als Severin, die hyperaktive Klassennervensäge, vernehmlich »Das ist ja ein ganz ein Süßer« säuselte. Doch dieser Bär junior ließ Frechheiten einfach an sich abtropfen und fing an zu rezitieren:

»Dieses Baumes Blatt, der von Osten meinem Garten anvertraut, gibt geheimen Sinn zu kosten, wie's den Wissenden erbaut. Ist es ein lebendig Wesen, das sich in sich selbst getrennt? Sind es zwei, die sich erlesen, dass man sie als eines kennt? Solche Fragen zu erwidern, fand ich wohl den rechten Sinn. Fühlst du nicht an meinen Liedern, dass ich eins und doppelt bin?«

Dann hatte Bär in die Runde geblickt und gefragt: »Was meint ihr zu dem Geschwurbel? Was wollte uns der olle Goethe damit sagen? Schaut euch das Bäumchen an, das einmal einen Brusthöhendurchmesser von vier Meter fünfzig bekommen soll! Dessen Blätter sich wie Schmetterlingsflügel teilen und doch beieinander sind?«

Freundschaft, Liebe, Paare, Einssein, die Diskussion hatte schnell Fahrt aufgenommen, und Bär hatte es in nur einer Stunde geschafft, vom Obermoff zur coolen Respektsperson zu werden, vor allem als er recht würzig von Goethes Liebe zu dem exotischen Baum und einer recht irdischen Liebe zu einer gewissen Marianne erzählte. Wegen dieser Frau hatte Goethe einen Ginkgobaum an den Frauenplan, seinem Wohnsitz in

Weimar, pflanzen lassen. Einen Liebesbaum – dann hatte Bär seinen Ginkgo angesehen, und alle wussten, dass auch dieser wollige Bärenlehrer den kleinen Baum nicht ohne Hintergedanken mit sich herumtrug. Mächtig süß, hatte Lilli gedacht, damals vor sechs Wochen, als die Schule anfing. Und das Aus mit Philip so frisch war. Und sich zweitausend Jahre wie ein Versprechen nach Unsterblichkeit anhörten. Schmetterlingsblätter als Idealzustand. Zusammen und doch zu zweit. Jeder in seine Richtung, aber die Basis gemeinsam. Damals, als Lilli alles, was sich nach Duett und Ewigkeit anhörte, wie Nektar aufgesogen hatte. Als Idealzustand, den sie nicht mehr erreichen konnte.

Julius Bär, der Lillis Blick auf den Ginkgo geduldig ausgehalten hatte, räusperte sich. »Lilli, wenn dir der weise Mann genug Kraft gegeben hat, dann sind wir jetzt gespannt auf deinen Gast …«

Lilli schrak hoch, doch Mika legte ihr die Hand auf den Arm. »Du müsst das nicht machen, ich kann doch schon sprechen, auch wenn es mit die Fehler ist!«, flüsterte er ihr zu.

Lilli sah ihn dankbar an, aber dann besann sie sich auf ihr Vorhaben. Sie wollte ja Philip eifersüchtig machen, also musste sie ein wenig aktiver rüberkommen, statt wie eine Salzsäule vor einem Zwergenbäumchen zu meditieren. Sie setzte sich kerzengerade hin.

»Ja, also das ist Mika Pulska aus Hämeenlinna. Er wird uns über eine Woche begleiten und vielleicht kann er am besten selbst etwas über sich erzählen!«

Julius Bär benickte Lillis Worte, was bei ihm aussah, als würde sich ein Tanzbär verbeugen.

»Danke, Lilli, und schön, schön, Mika Pulska, ganz kurz nur die Frage, was ist aus …«, Bär schielte über eine dicke Hornbrille hinweg auf ein Blatt vor ihm auf dem Pult, »was ist eigentlich aus deiner Schwester *Milka Pulska* geworden? Ist sie auch hier?«

Mika prustete los. Und Lilli gleich mit.

»Jo, das war, wie sagt man, eine Missfehler, sagt man so?« Mika schaute Lilli fragend an.

»Ein Missverständnis vom Amt«, gluckste Lilli hinterher, »ein kleines L mit großer Wirkung!« Lilli sah, dass Julius Bär junior – auf das junior legte er wert, vermutlich, weil er sonst zu opahaft rüberkam – leicht irritiert guckte, sich seine Miene aber dann plötzlich aufhellte. »Verstehe, es ist wie beim Ginkgo, da weiß man es ja auch lange nicht, also das mit dem Geschlecht!« Er schmunzelte. Mika allerdings sah etwas verständnislos in die Runde, die in sich hineinkicherte.

»Ich bin aber keine Güngko.«

Schallendes Gelächter, und nun war es an Lilli, Mika die Hand auf den Arm zu legen. »Natürlich nicht, das war nur ein Vergleich, der ein wenig hinkte!«

»Wer hinkt?« Mikas braune Augen weiteten sich und sein Mund blieb zu einem leichten O geformt ein wenig offen stehen. Charmegranate pur. Sämtlichen Mädels, allen voran Sophie, entfuhr ein: »Oh, armer Mika, doofe deutsche Sprache« oder »Boah, so süüüüüß«, und Lilli ertappte sich dabei, das ziemlich doof zu finden.

Die Erlösung brachte Julius Bär junior. »Willkommen, Mika, dein Deutsch ist fantastisch, da brauchen wir Lilli nicht als Übersetzerin. Erzählst du uns, wo du herkommst?«

Mika rutschte unruhig auf seinem Stuhl hin und her, er hatte entweder das mit dem hinkenden Baum noch nicht ganz verdaut oder überlegte, warum die Mädels so herumgejapst hatten. Dann schüttelte er sich wie ein Bärenjunges, faltete die Hände, drehte sie um, dehnte sie, bis die Gelenke knackten, und hatte sich ganz offensichtlich wieder im Griff.

»Meine Heimstadt ist Hämeenlinna am schönen Vanajavesi-See und auch am Ahvenisto-See. Ich selbst spiele Eishöcky, eigentlich spielt ganz Hämeenlinna Eishöcky. Wir haben mehr Eishallen als Museen. Wir machten die finnische Meister und danach die Olympia-Göld. Wir haben Spezialgeschäfte für die Pück und eine Fabrik baut die Eishöckyschläger für die ganze Finnland. Es gibt mehr Geschäfte, in die man Schlittenschuhe kaufen kann als normale Schuhe. Unsere Ausrüstung wiegt so zwanzig Kilogramm …« Mika stutzte, weil ihn fünfundzwanzig verdutzte Gesichter ansahen.

Lilli musste Mika gar nicht stupsen, er hatte selbst bemerkt, dass seine Zuhörer ein wenig irritiert auf das ausführliche Thema Eishockey reagierten.

»Ja, und Jean Sibelius ist der berühmteste Hämeenlinna-Mann!«, fügte er schnell an, und auch da glotzten die meisten aus Lillis Klasse noch verwirrter, weil sie nicht allzu viel mit dem Namen anfangen konnten.

»Jo, und wir sind eine Partnerstadt von Weimar!«

Lilli atmete erleichtert aus, das würde Bärs Stichwort werden und Mika wäre erlöst von dieser Ausfragerei.

Tatsächlich sprang Julius Bär junior auf Weimar an wie ein gut geölter Motor.

»Hervorragend, mein Lieber, danke, damit wären wir gleich bei unserem nächsten Thema: die Klassenfahrt nach Weimar. Wie ihr wisst, geht es am Freitag los. Den genauen Ablauf werde ich euch noch schriftlich mitteilen. Ich werde euch ein Klassenrundmail schicken. Die morgige Stunde werden wir nutzen, um uns optimal einzustimmen. Besorgt euch bitte ein Exemplar *Wahlverwandtschaften* und lest schon einmal hinein, damit wir morgen darüber sprechen können. Ihr wisst, Goethe war das, was man einen Womanizer nennt, und hat sich in Liebesdingen ausgekannt. Mehr möchte ich euch noch nicht verraten.« Dabei zwinkerte Bär, was vermutlich verschwörerisch aussehen sollte, aber bei ihm wie Bär mit Fliege im Auge wirkte. Lilli beobachtete Philip, der sich zu Nele gebeugt hatte, die gelangweilt an die Decke starrte. Sophie sah unverwandt zu Mika und Philip sah zu ihr. Philip sah zu ihr? Philip sah zu ihr!

Lilli guckte schnell weg. Was denn, sollte es so schnell gehen mit dem Eifersüchtigwerden? Der Schulgong holte sie zurück ins Hier und Jetzt, denn ein schulisches Highlight nach dem anderen sollte nun folgen: Physik, Mathe, Chemie, Latein. Und es ging ihr in diesen Stunden wie Mika, sie verstand nur Bahnhof.

Lilli, Montagabend

Was auch immer sich Lillis Mutter dabei gedacht hatte, Schweinebraten mit Knödel und Blaukraut zu kochen, außer Mika hatte niemand so recht Appetit darauf. Lilli nicht, weil sie ihre Mutter für solchen Folkloremist am liebsten auf den Mond geschossen hätte, und auch ihre Mutter stocherte in dem Schwein herum, als hätte sie es selbst schlachten müssen. Sonst kochte sie nie so herzhafte Sachen. Schon deshalb nicht, weil Fleisch irgendwie derzeit auch gar nicht in ihrem Trend lag.

Politisch korrektes Fleisch, also von handgestreichelten Kühen und samtborstigen Schweinen, die ihr kleines Leben lang Mozart im Stall gehört hatten und von Hand mit Honigpops aufgepeppelt wurden, konnten sie sich eigentlich nicht leisten, und Massentierhaltung war ein Wort, das Lillis Mutter wie Massenmord aussprach.

Lilli konnte sich noch sehr gut erinnern, wie nach einem Fleischskandal ihre Mutter erst komplett auf vegetarisches Essen umgestellt und schließlich mit veganen Wochen die ganze Familie verrückt gemacht hatte. Selbst auf Lederschuhe hatte sie Blicke geworfen, als müssten die erst vor den Europäischen Gerichtshof, um tragbar zu sein. Im Kiosk hatte sich ihr fleischloses Konzept allerdings wirtschaftlich ungünstig ausgewirkt und sie war nach einigen bissigen Bemerkungen ihrer Stammkunden wieder zu Biowiener und Biofleischpflanzerl zurückgekehrt. Und jetzt Schweinebraten.

»Mika, das ist ein echt bayerisches Traditionsessen.« Mit diesen Worten hatte sie vor einer halben Stunde die Schüssel mit Knödeln und eine Reine mit einem schuhschachtelgroßen Schweinebraten auf den Tisch gestellt. Lilli hatte die Augen verdreht, auch deswegen, weil ihre Mutter in letzter Zeit immer einen Terz darum gemacht hatte, wie ungesund schweres Essen am Abend sei. Gerne mal mit dem Blick auf das Bier, das Lillis Vater zu großen Portionen Essen trinken konnte, ohne auch nur ein Gramm zuzunehmen. Wahrscheinlich war ihre Mutter deswegen so angespannt, weil sie nicht genügend aß, dachte Lilli, als sie Knödel und Blaukraut verteilte, während ihre Mutter Mika mit einem Blick durchbohrte und die unvermeidliche Frage stellte: »Na, schön gewesen in der Schule?«

Lilli hätte die Knödel am liebsten einzeln nach ihr geworfen. Und mit dem Blaukraut wilde Muster auf ihr blütenweißes T-Shirt gesprenkelt.

»Schüper, Schandra, und danke für die Swein!« Mika hatte bereits Kruste und Knödel im Mund und sein Deutsch klang dadurch noch einen Ticken niedlicher. Lilli hätte ihn fast umarmen können für diese knappe und freundliche Antwort. Von Mika konnte man lernen, seine Gefühle hinter nichtssagenden Nuschelsätzen zu verbergen. Ganz zufrieden mit ihrem Schützling, ließ sich Lilli Knödel mit Soße schmecken, während sie den lauernden Blick ihrer Mutter zu ignorieren versuchte, die nach der Kurzantwort sicher keine Ruhe geben würde.

»Ach, tatsächlich, und mit der Sprache hattest du auch keine Probleme?« Sandra balancierte eine Mikroportion Schweinebraten auf ihrer Gabel und verschlang Mika mit den Augen. So kam es jedenfalls Lilli vor, die der Mutter am liebsten einen ganzen Knödel in den Mund gestopft hätte.

»Ah, dasch mit diese Graphen, der sich rational verläuft wegen so eine Funktion, das habe ich nicht verstanden!« Mika nickte, um sein Unwissen zu bekräftigen und vermutlich auch, um es freundlich aussehen zu lassen.

»Ich dachte, in Finnland ist das Schulsystem so extrem gut, da sahen wir ja alle alt aus in dem PISA-Test damals,« schnappte Lillis Mutter eine Spur zu aggressiv zurück und war somit im Landeanflug auf ihre Lieblingsthemen, das deutsche Schulsystem und der PISA-Test. Auch so eine Hilfsausrede von ihr, warum sie doch nicht Lehrerin geworden war. Das kannte Lilli schon und stöhnte entnervt »Ach Mum, lass doch stecken« auf.

Wie ungeschickt konnte man sein, Lilli hätte sich gleich ohrfeigen können. Entnervtes Stöhnen war bei Lillis Mutter eine Steilvorlage zum Dauerdiskurs, und so versuchte sie zu retten, was zu retten war. »Die haben in Finnland doch einen anderen Lehrplan als wir. Das war jetzt in Mathe bisschen blöd, aber ehrlich gesagt haben wir alle nicht verstanden, was die Tillich mit ihrem beknackten Graphen einer ganz rationalen Funktion wollte!«

Lilli hoffte inständig, dass damit das Thema Schule erledigt wäre. Gleichzeitig musste sie an die Stunde denken, als sie Hilfe suchend zu Philip geblickt hatte. Er, der in Mathe ein Ass war und ihr am Ende des letzten Schuljahrs buchstäblich den Hintern gerettet hatte mit seiner Nachhilfe. Mit Philip war

Mathe sexy, das Spiel mit Unbekannten ein Abenteuer, und das gemeinsame Zeichnen von geometrischen Formen geriet jedes Mal zu einem kleinen Tanz. Lange dachten ihre Eltern, es würde bei Philip und ihr tatsächlich *nur* um Mathe gehen. Bis zu dem Tag, an dem ihre Mutter mit Schwung die Tür zu Lillis Zimmer geöffnet hatte, um Kuchen und Limonade zu servieren, als würde es sich um einen Kindergeburtstag handeln. Dass es alles andere als ein Kindergeburtstag war, konnte sie dann an den fehlenden Klamotten und dem Mathebuch sehen, das sich Philip schützend vor seine Mitte gehalten hatte, während Lilli unter der Bettdecke verschwunden war.

Lilli konnte sich noch gut an das fassungslose Gesicht ihrer Mutter erinnern, die nicht recht wusste, auf wen sie mehr böse sein sollte: auf sich, weil sie so unüberlegt hereingetrampelt war, als ob Lilli noch ein Kind wäre, auf Lilli, weil sie kein kleines Kind mehr war, oder auf Philip, der in ihren Augen die Situation ausgenutzt hatte, um die Mathematiknachhilfe in Biologieunterricht zu verwandeln. Die Erinnerung versetzte Lilli einen Stich, allerdings nur so lange, bis Mika sich mit einem Schwung die nächste Portion Schweinebraten auflud und gleichzeitig nach Worten suchte.

»Wir haben auch noch eine Gelbbüchlein gekäuft, Lilli und ich, mit eine Namen so lang wie ein finnisch Wort, aber ich verstehe nicht. Lilli, was haben wir gekäuft?«

»*W a h l v e r w a n d t s c h a f t e n!*« Lilli genoss es, das Wort wie einen Gummistrumpf zu dehnen und zu betonen. Lehrer Bär junior hatte zwar einen Satz der Lektüre dabeigehabt, aber längst nicht genug, und den Austauschschüler hatte er in seiner Berechnung komplett vergessen. Weshalb Lilli mit Mika gleich nach der Schule einen kleinen Stadtbummel durch

Schwabing zur Buchhandlung unternommen hatte. Schon im Laden hatte Mikas Versuch, das Wort auszusprechen, große Heiterkeit ausgelöst.

»Wir hätten gerne einmal *Walschwanzschatten*!«

Die Buchhändlerin hatte zunächst sehr konzentriert das Wort *Walschwanzschatten* wiederholt und war dann kichernd im Lager verschwunden. Schnell hatte sie sich wieder im Griff und legte mit ungerührtem Blick ein gelbes Heftchen auf den Tresen: »Bitte schön, Goethes Nackenbeißer *Walschwanzschatten*, macht fünf Euro sechzig.«

Mika hatte trotz Lillis Protest das Heftchen bezahlt und dann irritiert auf die eng geschriebenen Seiten gesehen.

»Nackenbeißer?« Auf Mikas Stirn hatte sich eine putzige steile Falte gebildet.

»Das sind Bücher, die man verschlingt, weil sie so erotisch sind!«

»Das soll erötisch sein?« Mika hatte verstört mit den Fingern auf den eng stehenden Zeilen herumgestrichen.

»Na, für die Zeit, in der Goethe gelebt hat, war das vermutlich ein echt heißes Werk. Die haben ja irgendwie das Prinzip der freien Liebe versucht. Und sind dann an der Moral gescheitert!«

»*Ge-schei-tert*, hat nischt geklappt, geht nischt güt aus?« Wieder diese steile Falte. Süß.

»Nein, geht nicht gut aus«, hatte Lilli mit einem Hauch des Bedauerns geantwortet und Mika einen Ticken zu lang angeschaut, als ihr lieb war. Liebesverwirrungen, die nicht gut ausgingen. Damit kannte sie sich aus. Ob sich Mika damit auch auskannte? Die Antwort blieb er ihr schuldig, dafür kämpfte er jetzt mit der dritten Portion Schweinebraten und nuschelte:

Walschwanzschatten geht nicht güt aus, jetzt wo ich weiß, habe ich nüll Lüst, es zu lesen. Liebe müss güt ausgehen!«

Lilli sah zu ihrer Mutter. Ganz, ganz falsches Thema. Schnell die Kurve kriegen.

»Aber das hat Goethe doch nur erfunden und in Weimar hören wir ja noch mehr dazu. Ach Mum, dabei fällt mir ein, wir müssen auch für Mika noch den Mitfahrbeitrag bezahlen, fünfundsiebzig Euro, brauch ich morgen.«

Lilli konnte deutlich sehen, wie ihre Mutter in sich zusammenschrumpfte. Geld, immer nur Geld, schienen ihre Blicke zu sagen, die jetzt zwischen Mika und Lilli hin und her gingen. Ihr Vater schaffte es wirklich, immer präsent zu bleiben. Zum einen hatte er ihnen Mika eingebrockt, was sich ganz allmählich als Segen herausstellte, und zum Zweiten eine finanzielle Notsituation geschaffen, die offensichtlich größer war, als Lilli bisher angenommen hatte. Nur für Mika schien das Thema Liebeskummer ein Fremdwort: Liebe müss immer güt ausgehen. Genau. Mahlzeit!

Sandra, Montagabend

Fünfundsiebzig Euro für Mika. Sandra kramte in ihrer Handtasche, in der es aussah wie in ihrem Leben. Ein Kuddelmuddel an nützlichen und unnützen Dingen, die sich in die Fältchen des Taschenfutters vergruben und sich versteckten, wenn man sie brauchte. Sandra hasste das, aber sie unternahm nichts, um den Zustand zu ändern. Und das, obwohl eine ihrer wenigen Freundinnen, Jule, ihr das Prinzip Feng Shui für Taschen haarklein erklärt hatte. Bis zum Geldbeutel muss ein gerader Weg sein, sonst fließt kein Geld rein. Ballast muss raus. *Ordne dein Leben jeden Tag.* Energien fließen zwar wie Wasser auch um Gegenstände herum und in Gegenstände hinein, aber schwächen sich natürlich ab oder werden so umgeleitet, dass sich ihre Kraft vermindert. Sandra kam sich vor wie der Geldbeutel in ihrer Tasche: ausgebeult, mitgenommen und trotzdem leer. Als Sandra endlich das orange Portemonnaie fand, fragte sie sich allerdings, warum sie es überhaupt gesucht hatte. Es war wie die Wüste Gobi: wüst und leer.

Heute war kein Kiosktag gewesen, sie hatte also auch nicht die Einnahmen des Tages dabei, und die von gestern hatte sie bereits zur Bank gebracht beziehungsweise das Wechselgeld im Kiosk gelassen. Auch fahrlässig bis doppelblöd, schon zweimal war eingebrochen worden, allerdings an Tagen, an denen sich außer Ess- und Trinkbarem nichts im Kiosk befunden hatte. Leider wollte keiner der Diebe handgetöpferte Tassen und Teller mit floralem Design mitnehmen.

Sandra hörte Lilli und Mika in Lillis Zimmer über dem Computer zwitschern, wahrscheinlich irgendwelche iTunes einlösen und Songs auf Lillis iPod runterladen, nachdem die beiden die Küche wie selbstverständlich aufgeräumt hatten. Erstaunlich, sonst musste sie ihre Tochter zu solchen Hilfsdiensten immer prügeln. Im Kiosk war es was anderes, da bekam Lilli Geld dafür, doch zu Hause wurde dieselbe Arbeit schnell zur Last. Vielleicht lag es an Mika? Wünschte sich ihre Tochter nicht immer einen Bruder? Und sie und Christian nahmen das nie ernst, ehrlicherweise hatten sie es aus egoistischen Gründen nicht in Erwägung gezogen. Mit einem Kind konnte man noch die Welt umrunden, mit zwei Kindern wurde das deutlich schwieriger. Ein Kind konnte man bei der Oma parken, zwei Kinder war eben eins mehr.

Sandra lag nicht nur der Schweinebraten im Bauch, sondern ihr ganzes Leben. Fünfundsiebzig Euro, und wieder ein kommendes Wochenende, das sie mit Hilfspersonal über die Bühne bringen musste.

Sie öffnete die Schublade ihrer Wäschekommode, ein bunt bemaltes Teil, das sie von einer Indienreise mitgebracht hatten, und stöberte unter ihren T-Shirts nach dem Umschlag mit den Notgroschen. Tatsächlich, so hatte sie ihn genannt, als sie vor vielen Jahren in einem lateinamerikanischen Land unterwegs waren und von einem Tag auf den anderen die Banken gesperrt wurden. »Nur Bares ist Wahres«, diesen Spruch ihrer Mutter hatte sie zwar als Kind gehasst, aber er ließ sich in Krisenzeiten kaum widerlegen. Seither hatte Sandra immer einen Umschlag mit dem Betrag, den man für einen Monat zum Überleben brauchte, unter der Wäsche gebunkert.

Sie nahm das Geld heraus, verstaute den Letzte-Hilfe-Umschlag und verschloss die Schublade wieder. Jetzt noch ein Glas Wein auf dem Balkon. Das ging aber nicht, weil Mika in ihrem Schlafzimmer wohnte, und von dort, nur von dort, ging es auf den Balkon. Sandra spürte dieses leichte Wutziehen, das sie in letzter Zeit immer öfter bekam. Sie wusste, sie musste gegensteuern, sonst würde sie genau zu dem Typ unzufriedene Frau werden, den sie so oft von ihrem Kiosk aus beobachten und vor allem belauschen konnte: unzufrieden mit dem Mann, mit der Entwicklung des Kindes, mit der eigenen Berufswahl, mit dem Look, dem Alter, den eigenen Eltern oder gleich mit der ganzen Menschheit. Das war die Kategorie Weltverbesserinnen und Verschwörungstheoretikerinnen. No go, Nervensägen, Beschwerde-Tussis. So durfte sie nicht werden.

Sie klopfte an Lillis Tür, schließlich wohnte sie ja jetzt auch in dem Zimmer. Lilli öffnete mit leicht geröteten Wangen, und Sandra erinnerte sich an das Mal, als sie ins Zimmer kam, während Philip und Lilli sich angeblich den Tiefen der Arithmetik widmen wollten und stattdessen beide mit wenig bis nichts vor ihr standen. Wie peinlich war das denn gewesen? Warum hatte sie so gar nicht damit gerechnet, dass ihre Tochter mit fast siebzehn dasselbe machen würde wie sie damals? Und doch war sie irgendwie schockiert gewesen. Und jetzt dachte sie schon wieder, Lillis rosige Gesichtshaut sei auf etwas zurückzuführen, was nicht nur vom eifrigen Gebrauch des Internets herrühren konnte.

»Mum, das musst du sehen, das ist so lustig!« Lilli zog sie aufgekratzt ins Zimmer, wo Mika mit der konzentrierten Miene eines Feinmechanikers seine Finger über die Tastatur des Laptops gleiten ließ. Aus dem Laptop tönte melodischer Finnrock, während Lilli ganz offensichtlich einen Chat mit Sophie unterhielt und sich mit dem Handy auf Facebook eingeloggt hatte.

»Das ist Tehosekoitin mit H*etken tie on kevyt*«, erklärte Mika und sah Sandra beglückt an. Sie musste wohl ziemlich entgeistert ausgesehen haben, denn Mika beeilte sich mit seinem Nachsatz. »Die muss man nicht kennen, haben sich 2004 schon wieder aufgelöst, ist lange her.«

Sandra wollte nichts dazu sagen, zumindest die Identität des unaussprechlichen Satzes hatte sich geklärt. Auflösen tun sich nur Bands, keine Paare, obwohl das mal eine viel passendere Beschreibung wäre. Und 2004 mag für die Kinder steinlange her sein, eine Phase, in der sie noch unmündig und abhängig waren, aber sie selbst konnte sich noch sehr gut an dieses Jahr erinnern. Damals hatten sie ihre erste Tagesbar in München aufgemacht. Lillis Schulpflicht ließ sie sesshaft werden, und dafür waren sie eigentlich nicht gemacht. Oder daran nicht gewöhnt. Bislang hatten sie weltweit unkomplizierte Geschäftsideen in die Tat umgesetzt, Workshops geleitet und dann erwischte sie die ganze deutsche Bürokratie mit voller Wucht.

Als sie aufblickte, hatte Lilli bereits die fünfundsiebzig Euro an sich genommen und Mika hatte auf Youtube Ville Valo aufgerufen und sein *Summerwine.*

»Der ist aus Helsinki, ist dort gebören und macht die verdammte güte Müsik!« Sandra musste lachen, und Lilli hippelte von einem Bein auf das andre, als ob finnische Musiker sie jetzt gerade nicht so interessieren würden.

»Mika, mach noch mal den Finngenerator auf!« Lilli wollte ihrer Mutter endlich zeigen, was sie Lustiges entdeckt hatte.

Mika gehorchte aufs Wort, stellte Sandra fest, denn im Nu hatte er visitfinland.com aufgerufen und dort den Finngenerator.

»Ein Namensveränderer. Vermutlich völliger Fake«, begeisterte sich Lilli, während Mika *Sandra Kehlmann* eingab.

»Die Seite übersetzt alle Namen in Natursynonyme, ich heiße *Taru Ranta*, was wohl ungefähr so viel bedeutet wie *Küste der Geschichten*, und Mika heißt *Seppo Halla. Seppo* ist ein Held aus der *Kalevala* und *halla* heißt Frost, passt das nicht super? So und jetzt du!«

Sandra Kehlmann wunderte sich kurz über Lillis Wissen zu dem finnischen Urmythos *Kalevala* und sah dann am Bildschirm, wie sie sich tatsächlich in *Hilla Manner* verwandelt hatte. Freundlicherweise stand die Übersetzung gleich darunter: Moltebeeren-Kontinent.

»Pascht süper, was Sandra?« Mika klopfte Sandra mit seinen Eishockeypranken auf die Schulter, dass sie fast in die Knie ging. Tatsächlich, passte prima, sie, die Königin der Minikuchen und Beerentörtchen. Ihr nächstes Lokal würde sie *Kontinent der Beeren* nennen, so viel stand fest. Genauso wie feststand, dass dieser Finne ein echtes Gute-Laune-Kerlchen war.

Lilli, Dienstagmorgen

»Meine Damen, meine Herren, was sagt Ihnen der Begriff *Wahlverwandtschaften*?« Julius Bär junior hatte gerade seinen Ginkgo gestreichelt, seine Aktenmappe auf dem Pult in den rechten Winkel gelegt und schickte sich an, den Dienstagmorgen-Unterricht mit seiner Frage *mörderinteressant* werden zu lassen. Lilli sah sich in ihrer Klasse um und blieb mit dem Blick bei Philip hängen. Das Reclam-Heft mit Goethes Text lag aufgeklappt vor ihm und er schien darin zu lesen. Nele missbrauchte ihr Büchlein als Schutzdach für ihr Smartphone, indem sie es aufgeklappt und umgekehrt auf den Tisch gelegt hatte, und nun versuchte sie Philips Aufmerksamkeit zu erregen, indem sie Tippelfinger zu ihm wandern ließ.

Lilli hätte so etwas nie getan, aber vielleicht war ja genau so ein kindischer Kleinkram der Kitt, der Beziehungen zusammenhielt. Neben ihr versuchte Mika zu verstehen, was Julius Bär junior von ihnen wollte. Seine Grübchen traten deutlich hervor, seine Haare waren zu einer Tolle hochgetürmt, und aus dem Augenwinkel konnte Lilli beobachten, wie fast alle Mädchenaugen in irgendeiner Form seinen Blick kreuzen wollten. Auch Neles und Sophies, wie Lilli feststellte.

»Nun, *Wahlverwandtschaften*, irgendeine Idee, woher das kommt?« Bärs Stimme klang beherrscht wie immer. Ein erstes Schweigen auf seine Fragen war er gewöhnt und machte ihm noch keine schlechte Laune. Wenn gar nichts ging, würde sich der Cloderich melden. Der Cloderich hieß eigentlich Max Clott und war der Klassenprimus, ohne sich recht dafür anstrengen zu müssen. Für seine Gescheitheit liebte ihn jeder, denn er half, wo er konnte, und ließ abschreiben, wer wollte, allerdings hatte die Natur den Cloderich mit einer Reihe von Unvollkommenheiten ausgestattet. Ausgleichende Gerechtigkeit hatte Philip es immer genannt, wenn Lilli versuchte, an Cloderich irgendetwas Cooles zu entdecken. »Vergiss es«, hatte Philip dann immer nur gemeint, »der ist einfach nur nett und sehr gescheit und sonst nichts.«

Genau jetzt musste Lilli wieder daran denken, während der Cloderich in druckreifen Sätzen erklärte, dass das Wort aus der Chemie stammen würde. Unscharf vernahm Lilli noch was von sich abstoßenden und anziehenden Elementen, die eben Wahlverwandtschaften eingehen würden.

Mika stieß sie in die Seite und flüsterte: »Ist güter Kümpel, klüg und von Aussehen her könnte Finne sein!« Lilli dachte, sie hätte sich verhört. Der Cloderich mit seinen eng zusammenstehenden Augen, der blassen Haut, ziemlich schief gewachsenen Zähnen und einer Haut zum Erbarmen, der sollte ein typischer Finne sein? Sie sah kurz zu Philip rüber, wie der auf den Vortrag vom Cloderich reagierte, und sah, wie er zusammen mit Nele ablachte, bis beiden die Tränen kamen. Irgendwie war da Mikas Reaktion netter, und wenn Lilli es genau betrachtete, war der Cloderich wirklich cool, weil er eben nicht auf der angesagten Welle mitschwamm, mit wenig Einsatz große Leistungen brachte und seine Vorträge teilweise lustiger und informativer waren als die der Lehrer.

»Wie heißt der Klügmensch?« Mika hatte sich zu Lilli gebeugt und sie konnte seinen Atem am Ohr spüren.

»Der Cloderich?«

»Clöd Erisch?« Aus Mikas Mund klang alles wie Singsang, wahrscheinlich waren alle Finnen Sänger, das hatte sie sich schon gestern Abend gedacht, als sie auf Youtube einen Parforceritt durch die finnische Musikgeschichte hingelegt hatten. Da waren Lordi, die in schrundigen Ganzkörper-Latexmasken einmal den Grand Prix gewonnen hatten, richtige Waisenknaben. Das Abgefahrene hatte in Finnland eben auch Qualität und Tradition. Nele und Philip lachten immer noch, obwohl der Cloderich seine Ausführungen mit einem Schlenker zu Goethes Naturforschungen beendet hatte und Julius Bär junior während seiner Wanderungen durchs Klassenzimmer neben Philip und Nele stehen geblieben war.

»Schön, dass Sie sich so für unser Schwerpunktthema begeistern können. Dann würde ich vorschlagen, sie bearbeiten auf unserem kleinen Ausflug nach Weimar das Thema *Bäume.* Ich hatte sowieso vor, paarweise Aufgaben zu verteilen, die unserem Aufenthalt in Goethe-Town ein gewisses Gerüst verleihen werden. Und wie ich sehe, löst das gestellte Thema bei Philip und Nele einhellige Freude aus. Sollte es auch, meine Lieben, denn dank Goethe hat Weimar eine schöne Vielfalt an Laub- und Nadelbäumen. Eine kleine Marotte der damaligen Herrscher, immer auf den Rat des Geheimen Rats, wie man Herrn von Goethe auch nannte, zu hören. Ich habe nur eine kleine Einschränkung, aber das sollte Ihre Begeisterung nicht schmälern, Sie müssen den Ginkgobaum auslassen.«

Philips und Neles Lachen erstarb, dafür entfuhr Nele noch ein »Puh« und ging ein Glucksen durch die Klasse. Jeder wusste, dass Nele in Naturwissenschaften keinen Schimmer hatte und Philip zwar Mathe konnte, sich von Kulturthemen aber fernhielt. Lilli ahnte, dass das hier ihre Chance wäre, wieder näher an Philip ranzukommen. Sie würde ihm helfen. Das Einzige, was sie noch nicht wusste, war, wie sie dabei Nele ausklammern sollte.

Julius Bär junior verteilte unterdessen die Themen wie versprochen paarweise pro Bank. Nur als Nebengeräusch vernahm Lilli, wie Goethe und die Juristerei, Goethe und Schiller, Goethe und die Architektur vergeben wurden. Schließlich hatte sich der Lehrer bis zu ihrer Bank vorgearbeitet.

»Für euch beide habe ich mir ein naturnahes Thema ausgedacht. Das dürfte dir, Mika, entgegenkommen: Goethe und der Ginkgo! Mit Naturmythen kennt man sich in Finnland ja aus, und da er aus der Partnerstadt von Weimar kommt, wird Mika sicher schon etwas darüber gehört haben!« Julius Bär junior war sichtlich zufrieden mit seiner Feinsinnigkeit und setzte seinen Unterricht so beschwingt fort, dass er die bedrückten Gesichter seiner Schüler gar nicht wahrnahm.

Keine fünf Stunden und fünf Unterrichtsfächer später – Lilli und Mika hatten sich gerade ein Curry aus der Schulkantine geholt und sich auf die Stufen gesetzt, die zu ihrer Schulpforte führten – gesellte sich Sophie zu ihnen.

»Was haltet ihr von Bärs Wahnsinn?« Sie schien ihre Frage nur an Mika gerichtet zu haben, wenn man ihrem Blick glauben durfte.

»Das wird schon nicht so heiß gegessen, wie es gekocht wird!«, entgegnete Lilli etwas muffig, weil ihr schon seit gestern auffiel, wie Sophie bei jedem zweiten Wort Mika ins Gespräch ziehen wollte oder ihn anschmachtete, als herrschte in München akuter Jungsmangel.

»Bärenwahnsinn?« Mika sah fragend von seinem Curry auf, das auffallend schnell in seinem Mund verschwand.

»Was Sophie meint, ist, dass einem der Bär wirklich alle Freude an einer Klassenfahrt schon vorher nehmen kann mit seinem Herumgeplane!« Lilli wusste selbst, dass ihre Antwort genervter klang, als sie wollte, aber es ging ihr auf den Zeiger, wie Sophie sich an Mika ranwarf. Auch wenn sie selbst ja keinen echten Anspruch auf ihn erhob, wollte sie doch zumindest ein wenig seine Aufmerksamkeit alleine genießen. Schließlich kümmerte sie sich auch um ihn und außerdem machte er ihr gute Laune.

»Vielleischt würd das aber eine Spaß? In Finnland wir haben immer eine ganze Sack, heißt das so, voll mit die Aufgaben, wenn wir in den Wald rennen!«

Jetzt mussten Lilli und Sophie dann doch beide grinsen. Die Vorstellung, wie sämtliche Schüler Finnlands mit geschulterten Riesensäcken in den Wald rannten, war zu komisch. Als sie Mikas verdutztes Gesicht sahen, erklärten sie es ihm, bis auch er grinsen musste. Schließlich vertilgte er noch dankbar die Curryreste von Lilli und Sophie und lümmelte sich dann gemütlich auf die Stufen, auf denen die Herbstsonne für ordentlich Wärme sorgte. So entspannt war Lilli schon lange nicht mehr hier gesessen, denn auch Sophie hatte Ruhe gegeben mit dem Anschmachten und lehnte mit geschlossenen Augen gegen Lillis Knie. Träger goldener Herbst und nur noch zwei Tage Schule, dann würde die Klassenfahrt Lilli vielleicht wieder näher an Philip heranbringen.

»Hey Lilli, sag mal, ich hab gestern deinen Vater gesehen!«

Philips Schatten fiel Lilli ins Gesicht und erzeugte zusammen mit seinen Worten einen Schauer.

»Was? Das kann gar nicht sein, du hast dich sicher getäuscht!«, war Lillis erste Reaktion, während Mika und Sophie aus ihrem Mittags-Powernap erwachten und Philip leicht verwirrt ansahen. Lilli schossen fieberhaft schnell Gedanken in den Kopf. Sie hatte die Geschichte mit der Backwarenmesse in die Welt gesetzt. Wie sollte sie das jetzt erklären? Und Philip sah so aus, als ob er noch Bonusmaterial in der Tasche hatte, das er unbedingt loswerden wollte.

»Ich bin ganz sicher, Lilli, und, ähm, also, er war da auch nicht so ganz allein!« Philip trat verlegen von einem Bein auf das andere.

Sophie hatte sich kerzengerade hingesetzt und auch Mika war aus seiner Lümmelhaltung in eine Lauerhaltung gerückt. Lilli starrte Philip an, hinter dessen Rücken Nele auftauchte.

»Na, hat dir Philip schon das mit deinem Vater erzählt?«, schnabelte sie los.

Warum in aller Welt wusste die davon? Wahrscheinlich folgte sie Philip wie eine Klette und er hatte dann Lillis Vater natürlich zusammen mit Nele gesehen. Und die Begleitung seines Vaters. In Lilli gingen die Alarmglocken los, und zwar weniger wegen der Tatsache, dass sie sich gleich wegen der Backwarenmesse würde erklären müssen, sondern wegen der Ungeheuerlichkeit, die sie sich bisher noch nicht zu denken getraut hatte. Ihr Vater hatte eine andere. Und ihre Mutter hatte allen Grund, sauer zu sein: weil da längst jemand anderes im Spiel war.

Lilli sprang auf, starrte Nele an und blaffte: »Dann habt ihr euch eben beide getäuscht. Kann ja mal vorkommen, wenn man so miteinander beschäftigt ist!«

Mit einer fahrigen Bewegung hatte sie ihre Tasche hochgezogen und rannte die Stufen runter. Sie wusste, dass das exakt die falsche Antwort gewesen war, aber für ausführliche und sanfte Konversation hätte ihre Selbstbeherrschung nicht gereicht. Sie versuchte die Tränen zurückzuhalten, als sie eine Hand an der Schulter spürte. Mika.

»Du bist säuer und wütend, ich verstehe das!«

Lilli musste schon wieder lachen, trotz Kullertränen, die sie sich mit dem Handrücken von den Wangen streifte.

»Zu viel Sonne in den Augen«, erklärte sie Mika und wunderte sich ein wenig über sein Verständnis, eigentlich hatte sie Fragen erwartet. Nach ihrem Vater und der Backwarenmesse. Und der Begleitung. Stattdessen redete er weiter, während er jetzt neben Lilli ging und seinen Arm unter ihren geschoben hatte, ganz so, als würde er verhindern wollen, dass sie ein Schwächeanfall in die Knie zwang.

»Mein Vater ist auch in das Mittellife-Crisis, oder wie nennt man die Mitte des Lebens?«

Lilli sah Mika fragend an, der gequält lächelnd fortfuhr.

»Ja, oder wie heißt das, wenn eine erwachsene Mann sich plötzlich mit winzige Kekse und Rezepte beschäftigt? Meine Vater hat eine Fabrik geerbt, vor drei Monaten, von eine Önkel. Und weil meine Vater beruflich an ein Grenze war, war es für ihn eine Döppelglück, sagt man so? Er dachte, das sei die Lösung für alle Sorgen. Eine klein Manüfaktür für tolle Kekse an die Üfer eines Sees, mit eine kleine Steg, an dem die Boote halten, die mit hellblaue Blechdosen voller toller Kekse abfahren und sie in die Welt bringen. Eine Aufgabe. Aber die Wahrheit war dann eine andere. Leider ist an die andre Seite von die See ein Sägewerk, und dort isst man Fisch aus die Döse und nicht Kekse. In Wahrheit will niemand mehr ein trockene Keks, das vielleicht im 19. Jahrhundert total gut geschmeckt hat, weil er aus viel Bütter und Zücker gebacken war. Heute will man gesünd Keks mit die kleine Kalorien und ohne die böse Zucker. Die Fabrik war schon lange töt, bevor mein Vater, mein *isä*, sie von meine verrückte Önkel erbte, den niemand von uns je gesehen hat. Als mein Vater die erste Mal hingefahren ist, da wurde nur noch eine Sorte von zwei alte Männer gebacken, und die Marke kannten nur noch steinalte Leute. Mein Vater wälzt seitdem Kochbücher und hat eine Kürs in Ökonomie gemacht. Du müsst wissen, mein *isä* ist die Stürmer bei die Hämeenlinna Elks, er glaubt, alles kann man machen mit viel Einsatz und Kraft. Alles, auch die Sache mit die Gefühle, deshalb ist meine *äiti* … also meine Mutter …«

Mika stoppte plötzlich seine flüssige Rede. Und er hätte *äiti* nicht übersetzen müssen, Lilli hätte auch so verstanden. Auch in der Familie Pulska war nicht alles fichtennadelgrün. Da war ihre Geschichte mit der Backwarenmesse ja noch harmlos. Sie würde es ihm sagen müssen. Am besten jetzt gleich, schließlich war er auch mit der Wahrheit herausgerückt. Die Familie Pulska schien ebenso große Probleme zu haben wie die Familie Kehlmann. Nur auf *Keksisch*, vielleicht kam daher auch der Wunsch nach einer intakten Gastfamilie. Weil es eben zu Hause keksmäßig knirschte?

Lilli munterte sich selbst auf, und gerade als sie Mika erzählen wollte, dass die Backwarenmesse eine Notlüge gewesen war, gesellte sich Sophie wieder zu ihnen. Sie war das letzte Stück gerannt, nachdem sich Lilli und Mika so abrupt aus dem Staub gemacht hatten und Philip und Nele ohne Antwort an der Treppe zur Schule stehen ließen.

»Warum seid ihr so schnell abgehauen? Du hättest doch den beiden sagen können, dass dein Vater auf dieser Backwarenmesse ist und es gar nicht sein kann. Und überhaupt, was soll denn die blöde Anspielung von Philip, von wegen dein Vater wäre nicht alleine gewesen …?« Sophie plapperte sich gerade um Sinn und Verstand. Lilli sah sie scharf an. Aber erst beim zweiten scharfen Blick schwieg Sophie.

»Was, was ist?«, fragte sie unsicher.

Lilli seufzte. Wenn sie schon die Wahrheit sagen wollte, dann konnte sie es ebenso gut jetzt tun, auch Sophie hatte verdient, im Bilde zu sein. Auf der anderen Seite nervte sie der waidwunde Blick ihrer Freundin, der so viel hieß wie: Ich find den Finnen da sooo süß, ich bleib jetzt einfach *immer* in seiner Nähe und irgendwann wird das dann schon klappen mit uns beiden.

Über ihnen schlug die Ursulakirche ein blechernes, aber umso kraftvolleres Fünfzehnuhrläuten. Viermal für die volle Stunde, dreimal für drei Uhr nachmittags. Es hätte keinen Sinn gemacht, jetzt etwas zu sagen, niemand hätte es verstanden. Auf der anderen Seite? Es wäre auch eine Chance, sich zu befreien. Lilli formte den Satz: »Mein Vater ist ausgezogen, weg, keine Ahnung, wo er ist. Ich bin froh, dass ihn Philip wenigstens gesehen hat, jetzt weiß ich, er ist noch in der Stadt. Und ich möchte es Philip sagen, aber nur unter vier Augen.«

Wahrscheinlich hatte sie den Satz auch ziemlich laut ausgesprochen, aber St. Ursula war stärker. Ihre neuen Glocken, die von einem Campanile-ähnlichen Turm herunterdröhnten, hatten alles gnädig geschluckt. Lilli hatte also die Wahrheit gesagt, und niemand hatte es verstanden, denn Mika und Sophie hielten sich die Ohren zu und lachten sich kopfschüttelnd an. Warum versetzte Lilli das einen Stich? Sie musste sich ablenken. Nein, besser, sie musste Sophie von ihrem dämlichen Schmachten ablenken, und das am besten mit Arbeit. Eine sichere Nummer: Sophie hatte null Bock auf körperliche Arbeit.

Kaum war der letzte Glockenschlag verhallt, dirigierte sie die beiden in Richtung Englischer Garten. »Milchkiosk, wir kommen!«, formulierte Lilli, um den beiden die Richtungsänderung zu erklären. »Es wird Zeit, dass wir heute etwas Vernünftiges tun und meiner Mutter im Kiosk helfen. Wenn mein Vater weg ist, schafft sie das alleine nicht.«

Mikas Miene hellte sich auf. »Süper, wir gehen in die kleine Milchfabrik?«

Sophie schob nachdenklich die Unterlippe vor. »Ich glaub, ich muss noch Englisch lernen!«

Lilli schmunzelte, sie war eine Lüge losgeworden und Sophie verabschiedete sich hastig mit Küsschen auf Lillis und Mikas Wangen und entschwand. Alles klappte, um es mit Mikas Worten zu sagen: *SÜPER*.

Die Herbstsonne spiegelte sich in den Fenstern der Schwabinger Altbauten, deren Fassaden von Wildem Wein in allen Rottönen bewachsen waren. Vor den Cafés hockten die Menschen in Massen, als galt es, die letzten warmen Sonnenstrahlen vor dem Winter einzufangen und zu konservieren. Lilli wusste, es war Eins-a-Wetter für den Kiosk und einen überraschenden Ansturm auch mitten an einem Wochentag. Ihre Mutter würde sich über jede Hilfe freuen. Und Mika folgte Lilli aufgeregt wie ein junger Hund.

Sandra, Dienstagabend

Die Kinder kamen am Nachmittag wie gerufen. Sandra ertappte sich dabei, wie sie Mika schon zur Familie rechnete. So schnell konnte es gehen. Kaum zwei Tage da, schon hatte sie einen Sohn mehr. In der Summe war ihre kleine Familie jetzt wieder komplett, und wenn sie mal ehrlich war, mit dem Verstand war Christian schon lange nicht mehr bei ihr gewesen. Abwesend und unkonzentriert war er ihr über den Sommer hinweg vorgekommen, was sie nur nicht mehr gereizt hatte, ihn mit Diskussionen aus seiner Grübelecke hervorzulocken. Wahrscheinlich hatte jeder von ihnen in die entgegengesetzte Richtung gearbeitet.

Als an diesem Nachmittag Lilli und Mika im Kiosk auftauchten, hätte sie die beiden küssen können. Eine kurze Einführung genügte, und schon spurtete Mika raus und rein, die Arme voller Geschirr und Gläser, als würde es sich um ein Eishockeyspiel handeln, bei dem man möglichst viel und schnell agieren musste. Lilli hingegen hatte sofort die Kuchenausgabe übernommen und die Schlange vor dem Kiosk lichtete sich mehr und mehr. Die Freifläche vor dem Kiosk war pickepackevoll. Heute waren auch viele Studenten da, die von der nahe gelegenen Universität in der Ludwigstraße herüberkamen oder gleich in ihren Laborkitteln aus der Veterinärmedizin nebendran. Es waren einige darunter, die vermutlich nur wegen Lilli kamen; wenn sie die Kuchenausgabe machte, dann standen besonders viele Weißkittel an. Auf der anderen Seite schien auch Mika sein Publikum zu haben, denn sein Tempo hatte merklich nachgelassen und er schwatzte in seinem entzückenden Akzent auf eine Gruppe Tiermedizinerinnen ein. Wenn sich Sandra nicht täuschte, hatte Lilli bei der Szene einen leicht verbissenen Zug um die Lippen. Ihre Tochter würde sich doch nicht …?

Wie gerne hätte sich Sandra weiter dem Thema Liebeleien gewidmet. Wenn sie schon nicht glücklich war, musste das ja nicht auf den Rest der Menschheit zutreffen. Aber bei all dem Glanz, den der Tag versprühte, bei dem milden, warmen Föhn, der die Menschen in einen leicht zugedröhnten Zustand versetzte, schlug bei ihr das Schicksal unbarmherzig immer wieder aufs Neue zu.

Kurz bevor sie zum Kiosk gefahren war, kam der Postbote und brachte einen grauen Brief. Christian hatte immer gesagt: »Graue Briefe sind Dementorenbriefe, schon alle Seele rausgesaugt, bleiben nur Zahlen übrig.« Genauso war es. Der Brief kam vom Finanzamt und war die Aufforderung zur Steuervorauszahlung. Ein Summe, die sich aus den Einnahmen des Vorjahrs und des laufenden Jahrs errechnete. Eine Summe, die man vorstrecken musste, auf Verdienste, die man noch gar nicht eingenommen hatte. Eine Summe, die Sandra nicht hatte und nie erzielen würde, wenn es ohne Christians Hilfe weitergehen musste.

Christian, der auf ihre SMS nicht geantwortet hatte. Christian, der sich bereits in Raten aus ihrem gemeinsamen Leben verabschiedet hatte, bevor er jetzt ganz verschwunden war.

Sandra hatte den Brief auf einen Haufen gepackt, der von Tag zu Tag höher wurde und den sie als Papiermausoleum bezeichnete. Und dann hatte sie die fertigen Kuchen ins Auto getragen und sich noch einen Kaffee gemacht. Letzte Ruhepause vor dem Ansturm auf den Kiosk. Da läutete das Telefon. Es würde doch nicht Christian sein? Früher hatte das mit der Telepathie immer ziemlich gut hingehauen. Jedenfalls bildete sich Sandra ein, es wäre da so eine besondere Verbindung zwischen ihr und ihrem Mann. Auch wenn Hunderte Kilometer zwischen ihnen lagen, hatten sie viele Male gespürt, wenn der andere einen Anruf gebrauchen könnte. Sie war zum Telefon gerannt und hatte völlig unvorsichtigerweise »Christian?« gefragt.

»No, Yrjärä spricht. Sandra, wie gäht es dir?«

Sandra durchfuhr ein Schauer, als sie die tiefe Stimme von Mikas Vater hörte. Es gab Leute, die man rein über das Hören gut finden musste. Yrjärä gehörte dazu.

»Y r j ä r ä ?« Sandra hatte sich Mühe gegeben, den Namen korrekt auszusprechen, was sich wie ein hilfloses Stammeln anhörte. Mist.

»Sagst du Järä zu mir, dann ich sage Sandy und wir sinde glücklüch?« Mikas Vater hatte denselben Singsang wie sein Sohn, nur zwei Oktaven tiefer und mit so einem holzigen Kratzen in der Stimme, wie es bei kettenrauchenden Jazzsängern oder Raubeinen in Western vorkommt.

»Järä, sehr gut, ähm, möchtest du Mika sprechen, aber er ist auch heute wieder in der Schule!« Sandra wunderte sich ein wenig, auch in Finnland war es doch üblich, morgens in die Schule zu gehen.

»No Sandy, wöllte ich dich an mein Öhr, weil wir hatten so

schöne Geplauder gestern. So ich dachte, ich frage dich um eine klein Rät?«

»Wenn ich helfen kann?«

»Sicher, du bist doch eine gute Kuchenköch?«

»*Bäckerin*, Menschen, die Kuchen machen, heißen *Bäcker*!« Sandra ließ ein entspanntes Lachen ertönen. »Järä, aber ich weiß wirklich nicht, ob ich eine gute Bäckerin bin. Manchmal frage ich mich, ob die Leute an einem warmen Sommertag, wenn sie vor unserem Milchkiosk sitzen dürfen, auch Hundekekse essen würden, wenn man sie anbieten würde.«

»Hündekekse? Aus Hünde?«

»Nein, *für* Hunde!« Sandra gluckste.

»Dü klingst lüstig!«

»Ich habe keinen Grund dazu, aber du machst gute Laune!«

»Dü machst mich auch Laune!« Järä schickte ein tiefes zufriedenes Brummen durch die Leitung. »Und du gibst mir eine Rat: viel Blaubeer oder mehr Haferflocke?«

»Blaubeer oder Haferflocke?«

»In die Keks!«

»Beides!«

»Danke schön, dü bist eine Schatz, sagt man so?«

»Ja, das sagt man so, aber ob ich einer bin, das weiß ich nicht!« Sandra musste an ihre Biestigkeit in den letzten Monaten denken und dass sie überarbeitet, wie sie war, vermutlich nur semiattraktiv rüberkam.

»Müss ich selbst testen!« Järä summte seine letzten Silben, und Sandra nahm an, dass Mikas Vater sich offensichtlich mit Backen beschäftigte. Eigentlich supersympathisch, welcher Mann buk am Dienstagmorgen Kekse, wenn nicht gerade Weihnachten vor der Tür stand.

»Ja, musst du selbst testen, ich finde Haferflockenkekse mit Blaubeeren köstlich, sind auch nicht so süß und sehen nett aus!« Sandra versuchte zu verstehen, warum ihr das Telefonat über Blaubeerkekse mit dem wildfremden Järä aus Hämeenlinna solche Freude bereitete.

»Süß aussehen, ja kann ich vorstellen. Ich teste. Tschus, Sandy, das war ein Spaß mit dir!«

»Tschüs, Järä, sag Bescheid, ob die Kekse was geworden sind!« Sandra erkannte sich selbst nicht wieder. Was faselte sie da? Was interessierte sie der Zustand von Keksen in dreitausend Kilometern Entfernung?

Am anderen Ende der Leitung war nun kein sonores Brummen, sondern ein nöliges Tuten zu vernehmen. Aber Sandra hatte darüber das Papiermausoleum vergessen, trank den inzwischen kalten Kaffee und fuhr beschwingt in ihren Arbeitstag.

Nur abends hatte sie dann noch einen Rückfall in alte Muster. Als Mika und Lilli noch einmal mit den *Wahlverwandtschaften* anfingen. Diese Geschichte, wo sich die Paare über Kreuz verlieben und niemand zu seinem Glück kommt. Da hatte sie sich aufgeregt über die Einfallslosigkeit der heutigen Lehrpläne und hatte sie als Leerpläne bezeichnet, die Kindern die Lust an der Lektüre austreiben würden. Bis sie in Lillis und Mikas verständnislose Gesichter geblickt hatte und Mika meinte: »Diese *Walschwanzschatten* sind eine heiße Eisen in Deutschland?«

Dann war alles wieder gut. Um nicht zu sagen: güt. Finndeutsch war die beste Medizin gegen Grübeleien und schlechte Laune!

Lilli, Mittwochmorgen

»Goethe hat sich ständig in eine Art künstlichen Liebestaumel versetzt, um den richtigen Spirit in seine Werke zu kriegen. Ja, Sie haben richtig gehört, permanentes Verliebtsein gehörte bei Goethe zum Schreiballtag dazu. Man nannte es damals natürlich nicht verknallt sein oder flirten und schon gar nicht auf jemanden stehen, sondern Schwärmerei und es war auch mehr geistiger Natur.«

Bär ließ einen verträumten Blick über die Reihen schweifen, um dann abrupt zum Alltag zurückzukehren. »Abfahrt ist am Freitagmorgen um acht. Nehmt nur das Nötigste mit und festes Schuhwerk, wir werden nicht nur in der Altstadt herumhängen, sondern auch in den Parkanlagen der Ilm und vielleicht auch von Schloss Belvedere. Meine Damen, meine Bitte ist ganz besonders an Sie gerichtet!« Bär Junior tippelte einige Schritte auf den Zehenspitzen durch die Klasse und hatte sofort die Lacher auf seiner Seite. Lilli allerdings achtete nicht darauf. Sie dachte an die SMS, die sie ihrem Vater noch vor Schulbeginn geschrieben hatte. *Will dir jemanden vorstellen. Die Austauschschülerin aus Finnland. Kussi Lilli.*

Den tänzelnden Bär hatte sie gar nicht wahrgenommen, denn ihr Vater hatte geantwortet. Entgegen der Verordnung, die Handys im Unterricht ausgeschaltet zu lassen, hatte sie ihres nur auf lautlos gestellt und die eingehende SMS an der Vibration erkannt.

Nach der Schule hinter der Pinakothek auf den Stufen. Paps freut sich! J

Hinter der Pinakothek war ihr Lieblingsplatz. Die großen Steinstufen der Alten Pinakothek lagen fast den ganzen Nachmittag in der Sonne und waren im Frühjahr und eben auch im Herbst warme Plätze, auf denen man liegen, sitzen oder picknicken konnte. Auf der Wiese davor war immer ein Gewusel aus tobenden Hunden, spielenden Studenten und Kunsthungrigen, die im Museumsquartier von einer Ausstellung zur nächsten wanderten. Pinakothek der Moderne, Ägyptische Sammlung, Neue Pinakothek, Lenbachhaus, Brandhorst. Wer es ernst meinte, konnte hier eine Woche verbringen, ohne zweimal ins selbe Museum zu gehen. Lilli war mit ihrem Vater gerne dorthin gekommen. Entweder, um kleine Abstecher in Ausstellungen zu machen, mehr aber noch, um auf den Stufen zu chillen.

Ihn dort zu treffen, schien Lilli ein gutes Omen. Und Mika würde somit wieder ein Stück München kennenlernen, schließlich war sie ja auch für seine kulturelle Bespaßung zuständig.

Lilli starrte konzentriert auf das Display, als der Schatten des Lehrers auf ihren Tisch fiel.

»Wir hätten viel weniger Einblick in Goethes Leben, wenn er sich via SMS mit den Damen seines Herzens ausgetauscht hätte.« Bär junior stellte diesen Satz ohne ihn weiter zu kommentieren in den Raum und rief damit bei neunundneunzig Prozent der Klasse ein Gähnen hervor. Die alte Leier, alte Kulturtechniken versus neue. Bär war ein echter Papiernostalgiker, der vermutlich eher den *Faust* auswendig lernen, als ihn

ihn auf einen Reader laden würde. Vermutlich würde er seiner Liebsten, sollte er eine haben, Episteln mit Feder und Tinte schreiben.

Lilli blickte zu Bär junior hoch und steckte pflichtschuldig das Handy weg. Bloß nicht riskieren, dass ihr das Teil weggenommen wurde. Sie war zwar nicht so sehr darauf angewiesen wie manche ihrer Mitschülerinnen, die dem Tod nahe waren, wenn man ihnen das *Fenster zur Welt* wegnahm, aber gerade heute, nach dem ersten Lebenszeichen ihres Vaters, wollte sie sichergehen, dass nichts dazwischenkam. Sie würde Mika endlich die Wahrheit sagen können und ihm im Anschluss ihren flüchtigen Vater vorstellen.

Damit wäre dann endgültig die Schwindelei mit der intakten Familie aus der Welt und sie könnte sich auf das Wesentliche konzentrieren: Philips Rückgewinnung. Philip, der zu ihr sah und eine fragende Geste machte. Philip, der sie morgens vor der Schule noch einmal auf den gestrigen Nachmittag angesprochen hatte und warum sie so schnell weggerannt war. Philip, der ohne den Nele-Schatten kaum mehr zu erwischen war, weshalb er auch heute Morgen keine Antwort bekommen hatte, sondern nur ein Schulterzucken von Lilli, die sich fragte, was Hormone aus einem Menschen machten. Wie konnte Philip nicht sehen, wie brotdoof Nele war? Und dann erhaschte sie einen Blick von Sophie, die eigentlich nur mehr an Mikas Lippen hing, als würde aus seinen Worten geschmolzene Schokolade fließen.

»Lilli, ich fände es einen fairen Deal, wenn Sie bis morgen einen kleinen Brief verfassen würden. An einen Freund des Herzens. Denken Sie sich einen aus oder nehmen Sie ein lebendiges Vorbild. Formulieren Sie es einmal im Sinne Goethes, eventuell als lyrischen Dreizeiler und einmal als SMS. Ich bin gespannt, und dafür lasse ich Ihnen Ihr Handy.«

Bär junior streckte ihr die Pranke zum High five entgegen. Jepp, die ultimativ hinterletzte Geste von Alt zu Jung. Nur noch getoppt durch Faust auf Faust, wie ewig junge Väter ihre sie überragenden Söhne begrüßen. Lilli schlug schlaff die Hand gegen Bärs Pranke, die sich glatt, warm und samtig anfühlte, als würde er niemals eine grobe Tätigkeit damit verrichten. Philip schüttelte seine Hand zum Zeichen *Noch mal gut gegangen.*

Mika sah Lilli mit leicht geöffneten Lippen an und hatte die Stirn in jene Dackelfalten gelegt, die ihr schon im ersten Moment als äußerst attraktiv aufgefallen waren. Moment, wieso sah er sie so an? Meinte er womöglich, er würde als Vorlage für den Liebesadressaten gelten? Hatte er überhaupt verstanden, um was es ging? Lilli sah, wie die Klasse gespannt den Atem anhielt. Irgendetwas hatte Bärs Strafarbeit auch bei den anderen ausgelöst. Alle schienen sich gerade einen Kopf zu machen, an wen sie so einen Brief schreiben würden und wie. Keiner hatte hämisch gelacht, weil es Lilli erwischt hatte und nicht sie. Bär wanderte zurück zum Pult und dem Ginkgo, der gerade sein vorletztes, leicht gelbliches Blatt verloren hatte. Er nahm es und brachte es an Lillis Platz.

»Goethe hätte seinen Briefen ein Ginkgoblatt beigelegt. Nennen wir es die Emojis der Klassik, nonverbale Verständigungsriten, die älteste Sprache der Welt: Zeichensprache!«

Wieder gluckste niemand wegen Peinlichkeit oder Ähnlichem, sondern alle wunderten sich, dass Bär junior sich überhaupt in der Smileykultur auskannte. Bär war eben immer für Überraschungen gut. Und Mika auch. Er nahm das Ginkgoblatt und legte es zwischen zwei Seiten seiner *Wahlverwandtschaften.*

»Blümenpressen ist sehr modern in Suomi. Ich hebe das auf. Wofür habe ich diese kleine gelbe *Walschwanzschatten* denn!«

Die Klasse brüllte vor Lachen, und Bärs poetische Stimmung ging im Gejohle und den Anzüglichkeiten unter, die die *Walschwanzschatten* ausgelöst hatten. Auch Lilli war wieder im Hier und Jetzt gelandet. Heute Nachmittag würde sie Mika mal die echte »Verwandtschaft« zeigen. Und vielleicht würde ihr bei dieser Gelegenheit auch ein Dreizeiler einfallen.

Als Lillis Klasse am frühen Nachmittag aus dem Schulhaus strömte, lagen zwei Stunden geteilter Unterricht hinter ihnen. Die erste Hälfte des Alphabets hatte Bio, die zweite Hälfte Chemie. Kehlmann lag genau in der Mitte, und in letzter Minute war Lilli der ersten Gruppe zugeteilt worden, während Pulska eindeutig zur Chemiegruppe gehörte. Nicht nur das, auch Philip, der mit Nachnamen Mangold hieß, lag namenstechnisch in der zweiten Hälfte. Ein kleiner Trost war, dass auch Nele sich von Philip trennen musste. Nele Deller-Waller, was von ihr immer wie della Valle ausgesprochen wurde.

Als sich die Klasse in zwei verschiedene Richtungen teilte, schickte Lilli Mika einen Blick hinterher, denn der hatte sich gleich an Philips Fersen geheftet, dicht gefolgt von Sophie, die mit dem Familiennamen Zacharias zum Chemietrupp zählte. Lilli ärgerte sich.

Zum einen, weil Philip in der anderen Gruppe war und außerdem, weil sie nun wieder keine Gelegenheit haben würde, Mika vor Ende des Schultags ihre Pläne für den Nachmittag zu offenbaren. Entsprechend genervt reagierte sie auf Neles Frage, ob sie zusammen in eine Experimentiergruppe gehen sollten. Das hatte ihr gerade noch gefehlt. Zusammen mit Intelligenzbestie Nele in Petrischalen herumrühren und langweilige Hefe untersuchen, während sich Sophie, Philip und Mika bei den lustigen Versuchen des Chemielehrers amüsierten. Ohne große Anstrengung gelang es Lilli, Nele auf Abstand zu halten, indem sie sich das ekligste Experiment heraussuchte: Schimmelkulturen analysieren. Den grün-pelzigen Schälchen, die sie schon seit Wochen vor sich hinarbeiten ließen, wollte in diesem Stadium niemand mehr zu nahe kommen. Lilli hatte ihre Ruhe und konnte endlich ihrem Vater antworten.

Sandra, Mittwochmittag

Sandra hatte sich an einem gewöhnlichen Mittwochvormittag auf dem Weg zum Milchkiosk ein neues Kleid gekauft. Ja, sie hatte sich ein Kleid gekauft! Fließend, nicht zu eng, aber raffiniert gewickelt, in einem Stoff, der sowohl aus den 1950ern als auch aus den 2020er-Jahren sein konnte. Vintagegrafik.

Wann hatte sie das letzte Mal ein Kleid getragen? Sandra konnte sich gar nicht mehr daran erinnern. Die Arbeit im Milchkiosk war zum Modediktat geworden. Weißes T-Shirt oder weiße Bluse zu enger dunkelblauer Jeans, darüber eine bodenlange weiße Schürze, die an der Taille gebunden wurde. Für Christian hatte sie, wenn sie ehrlich war, schon lange kein Kleid mehr angezogen, denn alleine die Formulierung *für jemanden ein Kleid anziehen* widersprach ihrem Selbstverständnis.

Doch jetzt an einem stinknormalen Vormittag, nach drei Stunden Backzeit, hatte sie der Rappel gepackt. In einem kleinen Concept Store, der zwischen trendigen Alltagsgegenständen auch Kleider einer irischen Hipstermarke verkaufte, war sie fündig geworden. Das Kleid saß wie angegossen, machte mit einer Farbkombi aus dunklem Erdbeer, Haferbeige, Hellblau und Pflaume einen frischen Teint, und als sich Sandra vor dem Spiegel drehte, hörte sie nur eine Stimme im Ohr: »Blaubeer oder Haferflocke? So sweet!«

Lilli, Mittwochnachmittag

Natürlich war der Biokurs ewig damit beschäftigt, alle Petrischalen, Pipetten und Fläschchen wieder in die Laborschränke und Kühlboxen zurückzuräumen, während der Chemiekurs schon ausgelassen auf dem Gang herumtobte. Lilli, die mit ihren Schimmelkulturen ihre liebe Not hatte, musste ganz alleine ihren Krempel zusammenpacken und kam als eine der Letzten aus dem Biosaal.

Auf dem Gang herrschte gähnende Leere. Lilli hastete Richtung Ausgang. Sie musste unbedingt Mika in ihre Nachmittagspläne einweihen. Plötzlich trat Philip hinter einer der Säulen hervor, die am Eingangsbereich jeder Schule vermutlich so etwas wie Erhabenheit oder Strenge symbolisieren sollten. Das Gebäude war einer jener alten Kästen, die noch aus der Zeit um 1900 stammten. Als Schulen noch Lehranstalten hießen und viel leere Luft umbaut wurde, in der Schüler sich klein und winzig fühlen durften.

»Lilli, warte einen Moment, bevor uns wieder unsere jeweiligen Anhängsel drankleben!« Philip hielt Lilli leicht am Arm fest. Ein Schauer zwischen Schreck und echter Überraschung durchfuhr Lilli. So nah war sie Philip in den vergangenen zwei Monaten nicht mehr gewesen.

Und das Wort »drankleben« hatte Lilli im Zusammenhang

mit Nele auch noch nie von ihrem Ex gehört. Jetzt nur nicht zu viel Begeisterung zeigen.

»Was kann ich Schönes für dich tun, Philip?« Lillis Ton sollte beiläufig klingen, stattdessen hatte sie eine heisere Stimme und musste sich nach diesem Satz erst einmal räuspern.

»Ich wollte das jetzt nicht noch einmal vor den anderen ansprechen, aber was ist mit deinen Eltern? Wirklich, Lilli, ich habe deinen Vater mit einer anderen Frau gesehen!«

»Ja, ist doch schön für sie!« Lillis Antwort klang exakt so schnippisch, wie sie gemeint war.

Philip hob abwehrend beide Arme.

»Ist ja gut, ich wollte nur fragen, wie du dich dabei fühlst, ist ja vielleicht auch eher eine Umstellung?«

Das sagte der Richtige! Er hatte doch Lilli nach den Sommerferien mit diesem Barbiebrot Nele konfrontiert.

»Meine Eltern sind alt genug, um sich ihr Leben selbst zu gestalten, und ich bin alt genug, um damit fertig zu werden. Außerdem waren meine Eltern immer schon ein wenig anders als die ganzen Spießer hier!« Lilli umfasste mit einer großzügigen Armbewegung die vier Säulen des Eingangsbereichs, die sicherlich schon viele größere Schuldramen mitbekommen hatten, aber eher wenige Eheprobleme.

»Na, dann ist ja gut, dann will ich mal wieder.« Philip tippte mit der Hand leicht an Lillis Schulter und drehte sich der Ausgangstür zu.

»Wo hast du ihn, also sie denn gesehen?«, rief Lilli ihrem Ex hinterher, und in ihrer Frage schwang weit weniger Selbstbewusstsein mit als in den vorangegangen Sätzen. Philip drehte sich um.

»Leopoldstraße.«

Auch das noch. Einen prominenteren Ort hätten die beiden sich gar nicht aussuchen können. In Lilli braute sich Ärger zusammen. Über ihren Vater, über Philip, der es gut meinte, aber alles verschlimmerte, und über sich, weil sie es so gar nicht wegstecken konnte. Sie versuchte eine lässige Antwort.

»Ah ja, da geht mein Paps gern hin. Eis essen, Leute gucken, sich inspirieren lassen, was man am Milchkiosk noch anbieten könnte!«

»Es war nicht im trubeligen Teil der Leo, es war auf der Höhe der Kunstakademie, kurz vor dem Siegestor. Und beide haben am Zaun der Akademie gestanden und in den Garten gesehen, in dem gerade Werke der Studenten ausgestellt sind. Die beiden wirkten, als hätten sie Übung im Beieinanderstehen.«

»Na ja, also das sagt ja noch gar nichts, Paps kennt da ein paar Damen vom Kiosk, die ziemliche Kunsttussen sind, das wird eine von denen gewesen sein.«

»Hm, und die Kunsttussen vom Kiosk küssen deinen Vater auch alle auf den Mund und haben die Hände um seinen Hals geschlungen?«

Lilli hätte Philip in dem Augenblick eine kleben können. Das war eindeutig eins drüber und nicht seine Baustelle. Es ging ihn überhaupt nichts an, wie eng ihr Vater neben seinen Bekanntschaften stand.

»Du scheinst ja genau hingeguckt zu haben.«

»Ließ sich nicht vermeiden, denn Nele wollte auch unbedingt in den Garten gucken. Ich konnte sie gerade noch davon abhalten, bevor dein Vater mich entdeckt hätte.«

»Hätte ihm vermutlich gar nichts ausgemacht. Meine Eltern haben gerade Ehepause, da kann jeder machen, was er will!« Hatte Lilli das gerade gesagt? Anscheinend war auch Philip überrascht, denn ihm entfuhr ein »Puh« und ein »Na, denn ist ja alles gut!«, das eher nach einem »Meins wär's nicht« klang.

Lillis Ding war es ja auch nicht, aber bis ihr Vater ihr die Sache nicht selbst erklären würde, konnte sie unmöglich zugeben, wie schrecklich sie das alles fand.

»Man sieht sich.« Mit den Worten schlüpfte Lilli hinter Philip aus der Schultür und roch in seinem Windschatten noch einen Hauch seines Rasierwassers. Mist, Mist, Mist. Warum hatte sie die Gelegenheit nicht dazu genutzt, ihm Fragen zu stellen, die sie beide betrafen? Stattdessen hatten sie um die angebliche Affäre ihres Vaters herumgeredet wie um den heißen Brei. Und sie war auch noch extraschnippisch zu ihm gewesen. Lilli Kehlmann, meine Liebe, so wurde das nichts mit dem Zurückerobern.

Als Lilli Sophie und Mika auf den Treppenstufen zusammenstehen sah, gab ihr das den nächsten Stich. Sie musste Mika allein sprechen. Die beiden steckten die Köpfe zusammen und schienen etwas in Sophies Smartphone anzusehen, vermutlich Tanzvideos auf Youtube, eine von Sophies Lieblingsbeschäftigungen.

»Hi, schön, dass ihr gewartet habt! Na, Mika, wie machen sich deutsche Schulen so in Chemie?« Sie klang schon wie ihre Mutter. Wenn sie jetzt noch mit PISA anfangen würde, wäre die Familiennervigkeit perfekt.

»Süperlüstig, der Typ, der hat sö viel Witz, ungläublich!«

Sophie verschlang Mika bei jedem falschen Umlaut mit den Augen. Bravo. Lilli versuchte die Generalpeinlichkeiten ihrer Freundin zu übergehen.

»Mika, ich würde dir heute Nachmittag gerne jemanden vorstellen. Dabei kann ich dir auch noch ein paar Seiten von

München zeigen, die dir gefallen könnten. Also Sightseeing mit Extras.«

Statt begeistert »süper« zu antworten, was Lilli eigentlich erwartet hatte, sah Mika irritiert von Sophie zu Lilli.

»Das ist ein bisschen dümm, denn Sophie hat mich gerade zu ihre Tango-Kürs eingeladen. Und Tango ist in Finnland das Größte. Ja, alle Finnen können Tango!«

Lilli dachte bisher, dass alle Finnen Eishockey konnten, das mit dem Tango war neu. Und dass Sophie nun Tangokurse besuchte, war auch neu. Und ebenfalls neu war, dass sie sich in die Freizeitgestaltung von Mika einmischte.

Lilli musste wohl irritiert ausgesehen haben, denn Mika legte ihr beschwichtigend den Arm um die Schulter und drückte sie an sich. »Nicht träurig sein, kleine Lilli, aber gegen Tango kannst du nix machen, das ist ein Sücht, weißt du? Wie … wie … säufen … oder … nein, wie … küssen!«

Dann drückte er Lilli einen herzhaften Schmatzer auf die Wange, dass es nur so schnalzte und Sophies Augen sich bedenklich weiteten. Allerdings beeilte sie sich, Mikas Worte zu bestätigen. »Ja, Lilli, das ist total schön und echt künstlerisch! Du musst auch mal mitkommen.«

Lilli konnte sich nicht entsinnen, dass Sophie sie jemals gebeten hätte, zu ihren Tanzdingen mitzukommen.

»Na dann, viel Spaß euch beiden!« Mit einem Ruck drehte sich Lilli aus der finnischen Umarmung und ließ die beiden stehen. Das Einzige, was ihr an der Szene gefiel, war, dass Philip mitbekommen hatte, wie Mika sie umarmt und – jawoll – auf die Wange geküsst hatte. Sollte er nur sehen, dass Lilli kein Kind von Traurigkeit war, auch wenn es derzeit in ihrem Leben drunter und drüber ging.

♥

So drunter und drüber wie keine halbe Stunde später, als Lilli ihren Vater auf den Stufen der Pinakothek entdeckt hatte. Vor sich drei Kaffeebecher, neben sich eine Frau, die sie noch nie gesehen hatte und die keine der Kunsttussen vom Kiosk war.

»Mein Lillikind, Mensch, ich hab dich vermisst!« Ihr Vater war aufgesprungen und drückte sie fest an sich. »Wolltest du nicht jemanden mitbringen? Deine Austauschfreundin?« Lillis Vater sah sie fragend an.

»Ähm ja, nur dass die Austauschschülerin ein Junge ist und sich für heute Nachmittag gleich mal mit meiner lieben Freundin Sophie verabredet hat, statt meinen Vater kennenlernen zu wollen!« Diesen Satz hätte Lilli sagen können, stattdessen blickte sie entgeistert die Frau an, die jetzt ebenfalls aufgestanden war.

»Aber du hast ja anscheinend jemanden mitgebracht?« Der Satz entfuhr Lilli lustiger als beabsichtigt.

»Ja, darf ich dir vorstellen, das ist Uli, sie ist mir derzeit eine große Stütze, also jetzt, wo deine Mutter und ich …«

Stütze! Lilli glaubte sich verhört zu haben.

»Ja, Uli ist Kunsthistorikerin und kuratiert Ausstellungen weltweit. Momentan hat sie allerdings gerade Pause und ich freue mich darüber. Wir hatten uns lange aus den Augen verloren!«

Das wurde ja immer toller. Diese Uli geisterte also schon länger in Paps' Leben herum.

»Aha. Ist sie der Grund, warum du so von jetzt auf gestern ausgezogen bist?«

»Nein, Lilli, um Gottes willen, du darfst das jetzt nicht falsch verstehen. Ich dachte nur, es wäre nett, wenn du mir jemanden vorstellst, nütze ich die Gelegenheit und erzähle dir, was ich derzeit mache. Ich brauche ein wenig Abstand zum Milchkiosk. Dem ganz normalen Alltag und, ja, eben vielleicht auch zu Sandra. War ja nicht ganz so prickelnd in letzter Zeit, was sicher mehr an mir lag und meinem Fernweh …«

»Und welcher Art Stütze ist Uli nun?« Dabei sah Lilli Uli herausfordernd an.

»Dein Vater und ich verstehen uns gut. Er hat einfach das Gefühl, mehr in Sachen Kunst machen zu wollen als bisher. Eventuell ja auch das Ganze mit dem Milchkiosk zu kombinieren!« Die Stimme dieser ominösen Kunst-Uli klang dunkel und warm, und Lilli konnte sich kaum vorstellen, dass ihr Vater davon unbeeindruckt blieb. Ganz abgesehen davon, dass die Frau klug und gut aussehend war. Mit langen braunen Haaren, die sie mit einer Spange lose am Hinterkopf festgesteckt hatte. Eine ziemlich markante Hornbrille verlieh ihr genau den ernsthaft kunstsinnigen Ausdruck, den solche Brillen erzeugen sollten. Ein Wickelkleid aus grafischen Mustern in dunklem Erdbeer, Haferbeige, Hellblau und Pflaume unterstrich ihre durchaus vorhandenen Kurven. Und ihr Vater sah hilflos und leicht trottelig zwischen ihnen beiden hin und her.

Für Lilli war klar, wie sich ihr Vater die Ehe-Auszeit vorstellte. Und sie wurde ziemlich wütend, weniger, weil er es tat, sondern weil er ihre Mutter mit der ganzen Arbeit und ihren Träumen alleine ließ. Sie hatte keine Gelegenheit, das zu tun, was sie schon lange tun wollte, und schon gar nicht, wenn ihr Partner sich abseilte, um augenscheinlich die Gunst der Stunde zu nutzen.

»Dann will ich mal dein neues Leben nicht stören. Wenn du nur bei Gelegenheit mal so nett wärst und an Mum denken würdest, die wie blöd arbeitet, seit du weg bist. Eine Pause von der Familie zu machen, ist das eine, aber eine Pause vom Job zu machen, das andere!« Lilli drehte sich auf dem Absatz um, warf den ihr zugedachten Pappbecher Kaffee um und ließ ihren Vater samt sexy bebrillter Stütze stehen. Wahrscheinlich eine kosmische Störung, hätte ihre Großmutter gemutmaßt, wenn beziehungstechnisch alles schieflief.

Sandra, Mittwochabend

Viel Zeit war Sandra nicht geblieben, sich über das neue Kleid zu freuen oder gar irgendwelchen romantischen Träumen nachzuhängen. Am Kiosk war wetterbedingt die Hölle los. Die letzten warmen Tage im Herbst schienen aus allen Menschen Wespen zu machen, die ebenfalls kurz vor dem Ende des Sommers und gleichzeitig dem Ende ihres kleinen Insektenlebens zu brummelnden Nervensägen wurden.

Noch dazu hatte sich ihre neue Kreation *Karelische Kringel mit Preiselbeerpunsch* als Renner erwiesen. Die beiden neuen Rezepte verdankte sie ebenfalls der tiefen Stimme aus Hämeenlinna, die Sandra inspiriert herumprobieren und einen Keks mit Cranberrys backen ließ. Im selben Rutsch hatte sie aus Preiselbeersaft, Zimt und Zitronentee ein Gebräu gezaubert, das sie heiß und kalt angeboten und das sich am Nachmittag allergrößter Beliebtheit erfreut hatte. Als sie schließlich den Kiosk wie immer an den Wochentagen um halb sieben zusperrte, war sie erschöpft, aber das erste Mal seit Wochen guter Dinge. Sie musste einfach kreativer denken, dann würde sich der Kiosk rechnen und sie konnte eine Aushilfe einstellen.

Sandra schien die Welt nicht mehr ganz so eng gezimmert wie noch vor einigen Tagen. Geradezu heiter, mit einem Berg dreckiger Tisch- und Handtücher im Arm, schloss sie die

Wohnungstür auf und rief nach Lilli und Mika, aber es empfing sie eine scheinbar leere Wohnung. Nur aus Lillis Zimmer drang ein schwacher Lichtschein und irgendein trauriges Lied, vermutlich von diesem Sibelius, der dank Mika nun der neue musikalische Gast hier war.

»Lilli, bist du da?«

»Hm.«

»Bist du allein?«

»Hm.«

»Kennst du noch einen andern Ton außer ›Hm‹?«

»Hm.«

Sandra ließ den Berg Wäsche auf den Dielenboden fallen, sie würde sich später darum kümmern. Anscheinend hatte ihre Tochter beschlossen, es heute noch etwas komplizierter als sonst zu machen. Aber sie würde sich ihre gute Laune jetzt nicht nehmen lassen. Vorsichtig streckte sie den Kopf zu Lillis Zimmer herein.

»Wo ist Mika?«

»Tanzen!«

»Was?«

»Tango.«

»Mit wem?«

»Sophie.«

»Oha, aber eigentlich doch ganz nett von Sophie, sich um den jungen Mann zu kümmern?«

»Supernett.«

»Warum bist du nicht mitgegangen?«

»Weil ich eigentlich etwas anderes vorhatte.«

»Und was, wenn ich fragen darf?« Sandra ging dieses Gestopsel ihrer Tochter langsam auf den Geist. Sie hatte ihre Zeit nicht gestohlen, und nach einem Arbeitstag, der für sie darin bestand, lauter nicht arbeitende Menschen zu bedienen, war ihre Geduld aufgebraucht.

»Ich wollte Paps treffen und ihm Mika vorstellen!« Lilli hatte ein betont unbeteiligtes Gesicht aufgesetzt. Sandra schnappte nach Luft.

»Du weißt, wo Christian ist? Er hat dir geantwortet?«

»Hm.«

Jetzt ging das wieder los.

»Bitte hör mit diesem Hm auf, es macht mich wahnsinnig.«

»Und mich macht wahnsinnig, dass man dir nichts über Paps erzählen kann, ohne dass du gleich ausflippst!« Lillis Ton wurde immer schriller.

»Entschuldige mal, dein Vater ist vor vier Tagen hier verschwunden. Ohne Angabe von Adresse, ohne sich zu melden, ohne mir einen Ersatz für den Kiosk zu schicken, und du erzählst es, als sei es das Normalste auf der Welt? Lilli, bitte, sei nicht albern, das ist doch keine Nachricht, die mich unberührt lassen könnte!« Sandra atmete hörbar aus.

Lillis Blick ging ins Leere. Sandra atmete jetzt tief ein, Restreflexe eines Yogaseminars, das sie einmal bei einem indischen Lehrer besucht hatte, als der Streit mit Christian mal wieder eskaliert war.

»Und du hast ihn nun getroffen, *ohne* Mika?«

»Hm.«

»Lilli!«

»Ja, und es war nicht schön, glaub ja nicht, dass es schön war!« Lillis Antwort kam heftig und klang nach zurückgehaltenen Tränen.

Sandra wiederholte einige Male ihre indische Schnauferei und setzte sich dann neben Lilli, legte den Arm um ihre Tochter und versuchte den Tränen entgegenzuwirken. Alles was sie heute Abend noch brauchte, war eine labile Tochter, bei der nun endlich die veränderte Familiensituation angekommen war.

»Du glaubst ja gar nicht, wie beschissen das ist, wenn mich Philip in der Schule anspricht und faselt, dass er Paps gesehen hätte.« Lilli kämpfte hörbar mit den Tränen.

»Wie *gesehen*?« Sandra schob ihre Tochter ein wenig von sich, um ihr besser ins Gesicht sehen zu können, hörte aber nicht auf, beruhigend ihre Schulter zu streicheln.

»Na, eben *gesehen*, nicht allein.«

Sandra hielt in der Bewegung inne. Sie ahnte, warum Lilli mit den Tränen kämpfte, und sie sah bestätigt, was sie schon lange befürchtete: Christian hatte eine andere.

»Hast du Paps dann auch gesehen mit … also … mit einer anderen?« Sandras Stimme klang rau.

»Hm.«

Sandras neue Gelassenheit wich langsam einem Genervtsein.

»Mensch, lass dir doch nicht jedes Wort aus der Nase ziehen.«

»So 'ne Kunsttussi!«

Sandra ahnte, dass ihre Tochter eigentlich viel mehr erzählen wollte. Sie musste jetzt vorsichtig sein und sie nicht mit Ungeduld verschrecken, auch wenn sie ihre Tochter am liebsten schütteln würde, damit die endlich ihre Geheimnisse preisgab.

»Wie sah sie denn aus?«

»Schwierig, intellektuell, ähm, aber ziemlich … attraktiv.« Es fiel Sandras Tochter hörbar schwer, über den Nachmittag zu sprechen.

»Und mit der ist Christian jetzt zusammen?«

Lilli zuckte mit den Schultern. Anscheinend war das Mitteilungsbedürfnis jetzt gestillt. Sie hatte ihr Leid mit der Mutter geteilt, da war es nur noch halb so schwer. Sandra durfte nun keinen Fehler machen, ihre Tochter war doppelt frustriert. Zuerst war Mika lieber mit Sophie zum Tanzen gegangen als mit Lilli zu ihrem Vater, und dann hatte dieser großartige Vater nichts Besseres zu tun, als bei der ersten Begegnung nach der Trennung seine Neue mitzubringen. Männer! Sandra schnaubte aus. Und versuchte das Gespräch aus der Gefahrenzone zu lenken.

»Lilli, komm, ich zeig dir was. Ich hab mir heute ein Kleid gekauft!« Sie sprang auf und zog aus einer Tüte, die sie bereits in Lillis Zimmer mitgebracht hatte, das neue Kleid, hielt es sich vorne an und drehte sich vor ihrer Tochter.

Dunkle Erdbeere, Haferbeige, Hellblau und Pflaume!

Sandra sah, wie ihre Tochter schluckte.

»Findest du es nicht schön?«

»Warum hast du ausgerechnet *das* gekauft?«

Sandra war von der Frage verwirrt.

»Warum nicht? Ich finde, die Farben stehen mir!«

»Nicht nur dir!«

Sandra hatte keine Gelegenheit mehr, sich nach der Bedeutung der kryptischen Antwort ihrer Tochter zu erkundigen, denn es klingelte an der Tür. Gleich würde ein gut gelaunter Mika zur Tür hereinspazieren. Sollten sie ihn mit den Dramen der Familie Kehlmann konfrontieren? Sandra dachte kurz darüber nach, warum sie heute so sehr in der Stimmung gewesen war, sich das neue Kleid zu kaufen. Nur und ausschließlich, weil ihr die tiefe Stimme von Mikas Vater im Ohr klang? Auch sie würde vor ihrer Tochter ein Geheimnis haben.

Lilli, Donnerstagabend, Keksclub

Lilli konnte sich nicht mehr erinnern, wie sie vormittags die Mathearbeit geschrieben hatte. Sie hatte statt Kurvendiskussion ständig Mikas Schrittfolge vor Augen, die er gestern Abend, nachdem er summend zur Tür hereinspaziert war, noch aufs Parkett gelegt hatte: mit ihrer Mutter! Lillis Fremdschämen hielt immer noch an, als die Mathearbeit eingesammelt wurde. Sie war über die erste Aufgabe nicht hinausgekommen, während Mikas Blatt vollgekritzelt war mit irgendwelchen Zeichen, die Lilli in keinen sinnvollen Zusammenhang mit der gestellten Aufgabe bringen konnte.

Lilli konnte sich aber auch nicht erklären, warum sie über Mikas und Sophies gelungenen Tangonachmittag so wütend war. Sie machte sich selbst gar nichts aus Gesellschaftstänzen, und ganz ehrlich wäre das Treffen mit ihrem Vater vielleicht für Mika einigermaßen verwirrend gewesen, das war es ja schon für Lilli. Aber es nervte sie, wie aufgekratzt auch Sophie heute Morgen von der *Magie des Tangos* geschwärmt hatte. Einfach affig. Als ob Sophie eine erotische Granate wäre, die mit Wiegeschritt und ruckartig hin und her geworfenem Kopf auch nur einen Jungen mehr anmachen würde. Sophie war und blieb eine gute Seele mit schwärmerischem Gemüt und keine *Femme fatale* mit schwarzen Kajalaugen, die, mit Verlaub, heute Morgen völlig fehl am Platz gewesen waren. Sophie war aufgebrezelt wie zum Sommerball im Unterricht erschienen, was angesichts ihrer bleichen Haut aussah, als hätte sich ein Vampir ans Tageslicht verirrt. Und dann musste sie sich mit diesem Clownsgesicht auch noch mit Mika ein komplett überzogenes Begrüßungstrara liefern, als hätten sie sich Tage nicht gesehen. Widerlich.

Genau das hatte Lilli Sophie auch gesagt, die sie daraufhin entgeistert angestarrt und wieder was von Sinnlichkeit, Nähe und gemeinsamem Empfinden der Moll-Töne gefaselt hatte. *Gemeinsames Empfinden der Moll-Töne!* Dass sie nicht lachte! Dazu brauchte Lilli keinen Tango, auch keinen finnischen, der, wie sie von Mika gelernt hatte, nur in Moll gespielt würde. Auf alten Akkordeons, und der deshalb so beliebt in Finnland war, weil er in den 1930er-Jahren für die Finnen das Tor zur Welt bedeutete, sie die russische Besetzung vergessen ließ und zum Ausdruck der allgemeinen Zerrissenheit wurde, in der Finnland immer wieder politisch gesteckt hatte. Finnischer Tango war ein Akt der Befreiung.

So schilderte es Mika, und ihre Mutter hatte dabei auch so behämmert glänzende Augen bekommen, als würde finnischer Tango das Antidepressivum der ersten Wahl sein. Allerdings mussten sie dann beide schon lachen, als Mika erklärt hatte, warum er so gut Tango tanzen konnte.

»Bei uns zu Hause gibt es die Hämeenlinnan Tanssiklubbi, wo man kann smart und sporty Tango tanzen. Alle machen das, besonders im Sommer bei den *Lavatanssi*, den Tänzen auf Bretterböden, Junge und Alte, das hält fitti und ist gut für die …« An der Stelle hatte Mika aufgehört zu reden und sich mit der flachen Hand aufs Herz gelangt. Schöner hätte man es nicht zeigen können, und Lilli hatte sich dabei ertappt, wie sie Mika einen Augenblick zu lange in die Augen gesehen hatte. Braune, tiefe, finnische Waldseeaugen, die ebenfalls auf ihrem Gesicht hängen geblieben waren und erst wieder wegwanderten, als ihre Mutter fragte: »Und dein Vater, tanzt der auch Tango?«

Fremdschämen, die fünfundzwanzigste.

Wie konnte man *das* fragen, und überhaupt, welche Bedeutung hatte es, ob Mikas Vater Tango tanzte?

Doch natürlich hatte Mika in seiner freundlichen Art heftig genickt und bestätigt, dass sein Vater sogar einmal Tangokönig war. Tangokönig! Das muss man sich einmal vorstellen, für Lilli klang es so abseitig wie Faschingsprinz oder Wurstkönigin. Aber Mika hatte etwas von großer Ehre gemurmelt, dabei sehr feierlich dreingeschaut und Lilli musste sich ein abfälliges Grinsen verkneifen. Das war gestern Abend gewesen. Und in dem Nachklang des Abends hatte sie auch ihre Strafarbeit, ihren Dreizeiler formuliert. Einmal »goethisch«:

Zwei sind einer
mit doppelter Kraft,
nur wenn sie lieben.

Und einmal in Shortmessage-Sound:
Ich :-) und du (-: = 2love

Lilli hatte die Zeile aus Emoticons einmal ins Handy eingegeben, um zu sehen, wie sie sich als tatsächliche SMS machte. Spaßeshalber mit Philip als Adressaten. Spaßeshalber gespeichert. Den Dreizeiler im Goetheformat hatte sie auf ein

Blatt geschrieben, das sie vorher an den Rändern wie handgeschöpftes Büttenpapier ausgefranst hatte. Sollte der Bär ruhig sehen, wie sie sich in Goethes Zeit einfühlen konnte.

Jetzt fast vierundzwanzig Stunden später, nach einem Schultag, hatte sie eine verhaute Mathearbeit plus einer Stunde bei Julius Bär junior hinter sich, dem sie mit wichtiger Miene das Zettelchen überreicht und wegen der Authentizität die SMS auf sein Handy geschickt hatte. Er hatte sie im Anschluss dauergrinsend auf die morgige Klassenfahrt einstimmen wollen, und nach einigen vielsagenden Blicken von Philip, der vermutlich mit diesem bedeutungsvollen Schweigen versuchte, seine Anteilnahme an Lillis Familienschicksal auszudrücken, stand sie genau jetzt mit Mika im Keksclub an der Bar und hielt sich an einer Cola light fest. Die ganze Klasse war da, um sich auf die Klassenfahrt einzustimmen, sprich, einen draufzumachen, denn schlafen konnte man ja im Bus, und Weimar würde jetzt auch nicht so anstrengend werden, dass man alle seine grauen Hirnzellen dafür brauchte. Nele klebte mal wieder zuverlässig an Philip fest. Philip guckte vielsagend. Der Cloderich zuckte linkisch mit einigen Gliedmaßen, aber offensichtlich zu seiner ganz eigenen Musik.

Nach einigem Elektrobeat, der noch niemanden so recht auf die Tanzfläche gelockt hatte, war Sophie zu dem DJ auf seine Empore geklettert und hatte ihn fünf Minuten bequatscht. Dann kam sie freudestrahlend auf Lilli und Mika zu. Kurz bevor sie die beiden erreicht hatte, schoben sich die zwei Nasen aus der Parallelklasse ins Bild, mit denen Lilli am vergangenen Samstag so abgestürzt war.

Dann ging alles sehr schnell. Es setzten für den Keksclub ungewöhnliche Klänge ein. Akkordeon, dadaderda, da dam, da damdam dam, dadaderda, da dam da damdam daaa. Die beiden Horstis aus der Parallelklasse hielten erst kurz inne, begrüßten dann aber Sophie stürmisch, allerdings wurde ihre Herzlichkeit nicht erwidert. Sophie hatte ganz offensichtlich *ihre* Musik auflegen lassen, um mit genau *einem* Jungen zu tanzen. Mika, der allerdings mit einer wendigen Drehung Lilli vom Barhocker gezogen und sie im gleichen Schwung an sich gepresst hatte. Linker Arm um ihre Taille, sein rechter und Lillis linker Arm in die Luft gestreckt. Becken an Becken. Lillis Füße federten, als hätte sie noch nie etwas anderes getan, über den Boden.

Mika führte sie, bog sie in die Taille, schob sie weg, zog sie wieder an sich, durchschritt mit ihr die Tanzfläche, um die sich alle geschart hatten, um die ungewöhnliche Performance zu beobachten. Mikas ansonsten weiches Gesicht hatte einen sehnsüchtigen, aber harten Ausdruck angenommen. Kein Lächeln, ein Rücken wie ein Brett, mal sah er Lilli an, mal rückte sein Kopf weg. Aber alles in einer Bewegung, die Lilli mitriss, sie die nächsten Schritte fühlen ließ und mit Mika eins wurde. Schlussakkord in lautem Moll. Lilli ahnte – so viel wusste sie von Tango –, dass sie sich jetzt gleich rückwärts fallen lassen musste. Mika würde sie auffangen und zusammen würden sie die Schlusspose hinlegen.

Doch Mika hielt sich nicht an die Regeln. Er stieß sie behutsam kurz von sich weg, um sie gleich wieder an sich zu ziehen und Gesicht an Gesicht im letzten Ton zu verharren. Applaus brandete auf. Lilli klebte an Mikas Wange, kein Blatt hätte zwischen ihre Körper gepasst. Seine weichen Bartstoppeln kitzelten ein wenig, und Lilli spürte, wie seine Hände ganz leicht über ihren Rücken strichen. Was war das? Ihr Herz gehörte Philip. Mika war zweifelsohne nett, aber allein der Umstand, dass er in einer Woche wieder in Hämeenlinna kleine schwarze Pucks übers Eis jagen und fremde finnische Mädchen im Tanssiklubbi herumwirbeln würde, waren Gründe genug, sich jetzt sofort aus der Umklammerung zu reißen. Mikas eine Hand war ihren Nacken hochgeklettert. Er atmete heftig. Klar, das Herumwirbeln war anstrengend, aber er klang nicht atemlos, sondern überwältigt.

Lilli versuchte, den Kopf zu drehen, doch Mikas Hand im Nacken hielt sie fest. Sie hörte seinen Atem, denn seine Nase war jetzt an ihrem Ohr. Er roch ein wenig nach Orangen, weil er vorhin noch Lillis Orangenscheibe vom Glasrand ihrer Cola light gepflückt hatte. Noch konnte es von außen so aussehen, als ob alles zur Schlussfigur des Tangos gehörte. Doch Lilli wusste, dass dies kein Teil der Choreografie mehr war. Seine Lippen lagen auf ihrer Ohrmuschel. »Lilli, dü bist mein Tangofeder.«

Er drückte sie noch ein wenig fester an sich und Lilli kostete seine Nähe vollkommen aus. Aber sie konnten jetzt unmöglich länger so stehen bleiben. Nicht mit dem ganzen Publikum. Lilli kniff Mika in die Seite. Schluss, aus. Es war absurd, auch wenn Philip jetzt unmissverständlich sehen konnte, dass sich auch andre Jungs für sie interessierten. Das konnte ihn nicht kaltlassen. Dummerweise hatte Mikas *Überfall* vor allem Lilli nicht kaltgelassen. Sie spürte ein Ziehen im Bauch, als sie schließlich von ihm abgerückt war und er ihren Blick suchte. Tief, sehnsüchtig, liebevoll und mit einer wahnsinnigen Lust. Lilli hatte so viel Wollen noch nie gesehen. Es machte ihr Angst und gleichzeitig zog es sie so sehr an wie schon lange nichts mehr.

Sandra, Donnerstagnacht

Sandra ahnte, dass sie die nächsten drei Tage wenig Gelegenheit haben würde, das neue Kleid zu tragen. Lilli in Weimar, das Wetter aussichtsreich gut und die Münchner in einer frühherbstlichen Aufgekratztheit, wie sie nur föhngesteuertes Kaiserwetter hervorrufen kann … Sie würde samt Aushilfe alle Hände voll zu tun haben, und in einem Anfall von Übermut, der sich in den letzten Tagen bei ihr immer wieder einstellte, hatte sie am Abend ein Schild gestaltet, das auf die *Finnischen Tage* im Milchkiosk hinwies.

Neben den bereits bewährten Karelischen Kringeln und dem Cranberrypunsch hatte sie eine Art Miniblaubeerkuchen erfunden, dessen wahres Geheimnis sein Topping aus Frischkäse, Crème fraîche und Limettensaft war. Nachdem die Kinder aus dem Haus waren, um im Keksclub abzuhängen, hatte sie genügend Zeit gehabt. Jetzt standen die Küchlein in Reih und Glied auf dem Balkon, wo ihnen die herbstliche Nachtkühle nichts anhaben konnte. Auf dem Schild hatte Sandra neben die Worte *Finnische Tage* auch noch viele übereinanderpurzelnde rote Beeren gemalt.

Ein wenig naiv, aber in ihrer Nichtperfektheit genau richtig. Hausgemacht eben, wie alles bei Sandra, die sich einige Tangolieder auf ihren iPod geladen hatte und die Wohnung damit beschallte. Morgen würde sie die im Kiosk laufen lassen. Und ja, sie würde morgen einfach das neue Kleid anziehen, schließlich waren das genau die Herbstfarben, die zu ihrem kulinarischen Thema passten.

Sandra hatte sich ein Glas Rotwein eingeschenkt und stand noch eine Weile auf dem Balkon ihres Zimmers, das ja nun Mikas Zimmer war. Die übliche jugendliche Unordnung herrschte, und Sandra musste sich zusammenreißen, um hier nicht aufzuräumen. Es ging sie nichts an. Na ja, so ein bisschen ging es sie doch an, schließlich war es ihre Wohnung, ihr Zimmer und der Junge nur ein Gast. Sie hob mit spitzen Fingern ein Paar Jeans vom Boden auf und versuchte sie so vorsichtig wie möglich zusammenzulegen. Nicht, dass etwas aus den Taschen fiel. T-Shirts, Pullover, Hemden. Der gute Mika schien seinen gesamten Kleiderschrank in seinem Seesack verstaut zu haben und nun lag dieser Kleiderschrank verstreut in Sandras Schlafzimmer.

Sandra hatte in der Zwischenzeit ihr Weinglas abgestellt, um beide Hände frei zu haben. Keine fünf Minuten später sah das Zimmer halbwegs akzeptabel aus. Da war nur noch eine Hose, die halb unter dem Bett hervorlugte. Sandra zog daran und wollte sie gerade falten, als ein Stapel Postkarten aus der hinteren Hosentasche fiel. Lustige kleine knubbelige Figuren waren darauf abgebildet.

Sandra erinnerte sich an die Mumins. Fabelwesen, Trolle von Tove Jansson, die damit weltberühmt geworden war. Nicht nur, weil die von ihr erfundenen Charaktere so wunderbare Archetypen darstellten, sondern vor allem wegen der Botschaft, die ihre Geschichten enthielten. Eine nicht immer heile Familienwelt, ein großes Naturverständnis und eine tiefe

Liebe zu den Absurditäten des Lebens. Sandra betrachtete die Karten. Szenen aus dem Mumintal: nachdenklich und unendlich friedlich. Sie konnte nicht anders, sie musste die Karten umdrehen, um zu sehen, aus welchen Büchern die Abbildungen stammten.

Alle Karten waren mit einer winzigen Schrift, aber natürlich in Finnisch beschrieben. Am Ende signiert mit drei kleinen Herzchen und einem Smiley. Süß, Mika hatte anscheinend eine Freundin daheim. Irgendwie war Sandra erleichtert. Es würde hier keine deutsch-finnische Beziehungskiste zwischen ihrer Tochter und Mika geben. Mika sah auch nicht nach Abenteuer aus, aber was wusste sie schon. Ihr Mann sah eigentlich auch nicht nach Abenteuer aus, und dass er sich so sehr für Kunst interessierte, war ihr auch neu.

Vorsichtig steckte Sandra die Karten wieder zurück in die Gesäßtasche der Hose und drapierte das gute Stück über den anderen Klamotten, die sie nun auf einem Stuhl geparkt hatte, statt sie im ganzen Zimmer herumliegen zu lassen. Kurze Zeit später stand sie wieder auf dem Balkon. Irgendwie zuversichtlich, dass sich schon alles so wenden würde, dass es passte. Das Telefon klingelte. Auch wenn sie so gar keine Lust auf Telefonieren hatte. Abends und nachts ging sie nur dann dran, wenn Lilli nicht zu Hause war, aus Angst, es könnte etwas passiert sein.

»Kehlmann!«

»Hey, Järä hier. Wie geht's?«

Die Worte kamen bei Sandra weniger an als die Stimme. Mikas Vater. Abends um halb zehn.

»Gut, äh, Järä, und dir?«

»Süper!«

Süß, Vater und Sohn sprachen wirklich dasselbe Finnischdeutsch.

»Wenn du Mika sprechen willst, hast du leider schon wieder Pech, die Kinder sind heute tanzen gegangen!«

»Süper, Tanzen, es ist das Größte.«

»Ich hab schon gehört, du warst einmal Tangokaiser!«

»No, Konig, die Tangokonig von Hämeenlinna, aber lange her. Heute ich tanze wie die lahme Schnecke an die Krückstöck.«

Sandra liebte diese Stimme und die lustigen Worte, die sie formulierte.

»Ich hab gar keine Lüst auf meine Sohn, ich hatte Lüst auf deine Rat!«

Na, das war ja mal was ganz Neues, wenn sonst schon keiner Lust auf sie hatte, Järä wollte zumindest Sandras Rat.

»Ich hab ein neues Keks gebacken, und es ist ein ründe Art Würst, mit die kleinen Stückchen von den Cranberrys. Ich glaube, es wird so gut. Aber wie soll ich die kleine süße Würst nennen?«

Sandra dachte kurz an ihre eigene Kreation und antwortete wie aus der Pistole geschossen: »Karelische Kringel!«

»Das ist süper, süpergüt. Du müsst sie probieren!«

»Gerne, reich mal eins rüber!«

»Da. Hast du es?«

Sandra hörte ein Geräusch, wie wenn Kekse zerbröseln, und dann hörte sie Järä kauen. Als würde er im Zimmer nebenan sitzen, das sagte sie ihm auch. Und dass sie am Kauen hören konnte, dass sehr viel Butter im Mürbteig war.

»Du hast güt geraten«, antwortete er.

»Erfahrung!«

»Ich mag die Frauen mit die Erfahrung!«

Sandra staunte, bisher hatte sie Järäs Zweideutigkeit auf die Sprachbarriere bezogen, aber jetzt hatte sie das Gefühl, er meinte es ernst. Sandra wurde heiß. Was war das mit diesem Järä in Tausenden Kilometern Entfernung, das sie so faszinierend fand. Und was war überhaupt mit Frau Pulska, Mikas Mutter?

»Järä, ich muss jetzt Schluss machen, ich muss morgen früh raus. Ich habe inspiriert durch dich finnisches Wochenende in meinem Milchkiosk, mit Blaubeerkuchen und so. Und da sollte ich ausgeruht sein!« Sie war sich nicht sicher, ob das alles glaubhaft rüberkam oder ob er es überhaupt verstanden hatte. Vielleicht würde er doch noch etwas fragen, denn eigentlich konnte sie von seiner Stimme nicht genug bekommen.

»Süper, das passt, Sandra. Schläfe güt und träume von meine Keks!«

»Mach ich, ciao! Järä, äh, danke für den Anruf!«

Sandra blieb einigermaßen verwirrt zurück und ging tatsächlich bald ins Bett. So merkte sie nicht mehr, wie Mika und Lilli nach Hause kamen. Spät, viel zu spät. Und sie merkte auch nicht, dass Lilli noch eine ganze Weile nicht in ihr mittlerweile gemeinsames Zimmer kam.

Lilli, Freitagmorgen

Wie sie es alle überhaupt in den Bus geschafft hatten, war ein Wunder. Die gesamte Klasse 11 war in einem scheußlichen Zustand. Der Keksclub hatte ganze Arbeit geleistet. Übermüdung und bei einigen auch Restalkohol, hastiges Packen noch in der Früh und Hetze zum Bus, der bereits mit laufendem Motor im Schulhof gewartet hatte.

Lilli stierte lange auf ihr Handy, bevor sie in den Bus stieg. *Habe einen Fehler gemacht. Hab dich lieb, Paps.* Als würde es der Satz schwer haben, sich in Lillis Gehirn vorzuarbeiten, starrte sie auf ihr Display. Es war halb acht, nach einer Nacht, die Lilli schon nicht auf die Reihe bekam, wie sollte sie jetzt diesen Satz verdauen?

»Lilli, nicht träumen. Fuß vor Fuß setzen, sonst kann der olle Goethe deine Porzellanhaut gar nicht bewundern!« Philip war beim Gepäckeinladen hinter sie getreten. Lilli drückte die Nachricht weg. Philip ohne den Schatten Nele. Seit gestern Abend schienen sich die Male zu vervielfachen, bei denen Philip ihren Kontakt suchte. Seit der kleinen Tangoeinlage mit Mika. Seit ein anderes Gefühl versuchte, sich Gehör zu verschaffen, und Lillis Fixiertheit auf Philip einen leichten Knacks bekommen hatte. Philips Rasierwasser hatte heute nicht die zuverlässige Wirkung auf sie. Ganz im Gegenteil. Er hatte für ihren Geschmack zu viel davon verwendet. Ihr wurde ein wenig schlecht.

»Hi Philip, ihr seid früh gegangen gestern, du und Nele? Schönheitsschlaf?« Lillis etwas verspätete Antwort kam sticheliger als beabsichtigt. Eigentlich war es Lilli heute Morgen ziemlich egal, wie früh oder spät ihr Ex die Party verlassen hatte. Um es ehrlich zu sagen, hatte sie es gestern Abend gar nicht mitbekommen. Es gab herzlich Weniges, was sie noch mitbekommen hatte. Dieser Keksclub schien auf sie immer dieselbe Wirkung zu haben, und zwar mit und ohne Alkohol. Sie stand dort zuverlässig neben sich selbst.

»Ah, diese Hopserei ist für alte Leute wie uns nichts, weißt du doch, Lilli. Und Nele wollte noch packen …!« Philip machte eine Handbewegung, die einen Wäscheberg von gigantischen Ausmaßen andeutete.

»Sollten wir nicht übersichtlich packen? Oder steigt Nele nicht mit uns in der Jugendherberge ab?« In Lillis Ton schwang so viel Ironie mit wie schon lange nicht mehr. Philip hob lächelnd die Schultern. Dieses Lächeln, das Lilli bei jeder Erinnerung einen kleinen Stachel ins Herz getrieben hatte, seitdem sie nicht mehr die Hauptadresse des Anlächelns war. Bis gestern Abend. Bis zum Tango. Lilli horchte vergebens in sich hinein. War da ein schmerzliches Zusammenzucken? Ein Ziehen? Ein Stechen oder gar diese krampfartige Ohnmacht? Nichts. Lilli spürte nichts und lächelte Philip an. Frei von Hintergedanken. Philip war einfach nur der nette Philip. Sie schob sich an ihm vorbei, spürte kaum, wie seine Hand ihren Arm berührte, und kletterte in den Bus. Ganz nach hinten, in einer Sitzbank mit Mika, der vor ihr eingestiegen war. Mit dem sie einen Abend lang …

Da war dieses andere Gefühl, das Gegenteil vom schmerzlichen Stechen. Die in den Füßen und im Kopf gleichermaßen pochende Verrücktheit. Und das nur, weil …

»Meine Damen, meine Herren«, Julius Bär junior machte sich mit dem Busmikro bemerkbar, »wenn dann endlich alle einen Platz gefunden haben, den sie auch die nächsten dreieinhalb Stunden behalten wollen, wären wir so weit. Ich begrüße euch zur Weimarfahrt. Ein paar Regeln vorneweg. Wir verbringen einen Teil des Ausflugs gemeinsam, einen anderen habt ihr zur freien Verfügung, nicht zuletzt, um eure Gruppenarbeit unter Dach und Fach zu bekommen. Weimar ist klein, es ist alles bequem zu Fuß zu erreichen. Das heißt, wir werden auch den ganzen Tag unterwegs sein. Wir fahren nicht nach Weimar, um in irgendeiner Eisdiele abzuhängen und auch nicht, um im Park zu schlafen. Goethes Geist muss man sich erarbeiten!«

Die Klasse gähnte kollektiv, was zu gleichen Teilen an Bärs untypisch ernstem Vortrag lag und an den Folgen des Keksclub-Abends.

»Wie ich sehe, seid ihr alle hoch motiviert, das begrüße ich sehr. Sobald wir ankommen, laden wir nur die Taschen in der Jugendherberge ab und dann geht es gleich los. Ich nenne euch jetzt die Zimmerverteilung. Erfahrungsgemäß käme es bei freier Wahl zu einigen Uneinigkeiten, die versuche ich hiermit zu vermeiden.«

Er hielt einen Zettel in die Höhe. Lilli sah Mika an, der mit halb geschlossenen Augen aus dem Fenster blickte. Er hatte mit Sicherheit kein Wort von dem mitbekommen, was Bär da laberte. Seine linke Hand lag auf seinem linken Knie. Keine zwei Zentimeter von Lillis Hand entfernt. Konnte sie es wagen, diese zwei Zentimeter zu überbrücken? Was bitte ist an zwei Zentimetern so schwierig?

Der Bus bullerte beim Anfahren dieselmäßig vor sich hin und der ganze Innenraum begann zu vibrieren. Nebenbei war Bär junior kaum mehr zu verstehen. Erschrocken setzte sich Mika auf. Er hatte tatsächlich mit halb geöffneten Augen geschlafen. Jetzt sah er Lilli mit dem Blick eines aus dem Winterschlaf gerissenen Bärenjungen an. Deutliches Zeichen plötzlicher Traumunterbrechung. Lilli musste lachen, was Mika noch verdutzter blicken ließ. Dann griff er mit einem Arm über sie und hielt beide Arme fest. »Dü bist eine kleine Biest, ich schnörche und dü lachst mich aus!«

Sie konnte seinen Atem spüren. Kaffee und Pfefferminze. Sein Gesicht war jetzt keine zwei Zentimeter vor ihrem. Wie so oft gestern Abend. Wie noch auf dem Balkon zu Hause. Als sie noch in sein Schlafzimmer, also das ihrer Mutter, mitgekommen war, weil sie beide gar nicht müde waren, obwohl sie den ganzen Abend abgetanzt hatten nach der kleinen Soloeinlage. Natürlich keinen Tango mehr, sondern viel Gepoge, viel Electro und für Lillis Geschmack viel zu wenig Soul, wo man es mal ein wenig langsamer und inniger hätte angehen können.

Sie hatte ein Dutzend Augenpaare in ihrem Rücken gespürt, weil Mika so gar keine Anstalten machte, auch nur einmal seine Tanzpartnerin zu wechseln. Dann der Nachhauseweg. Sie waren so eng nebeneinander gegangen, dass sich ihre Hände wie von selbst hätten finden können. Manchmal huschte sein Handrücken an ihrem vorbei. Dann wieder meinte sie seinen Zeigefinger in ihrer Handfläche zu spüren. Aber alles so flüchtig, dass es sich nicht nach Absicht anfühlte. Schließlich auf dem Balkon …

»… Sophie und Kathi, Nele und Lilli …« Lilli vernahm nur verschwommen die Nennung ihres Namens und schon gar nicht den ihrer Zimmernachbarin, denn sie war gedanklich nachts um eins auf dem Balkon ihrer Mutter. Zwischen verblühenden Hortensien und herb duftenden Kräutern und Minze, Polsterblümchen und einem Meer aus blühenden Petunien, die kurz vor dem Welken noch einmal größen- und farbenmäßig so richtig aufgedreht hatten.

Auf dem Balkon standen zwei kleine Metallstühle und ein Tischchen. Lilli hätte das Tischchen sonst wohin gewünscht, denn es stand zwischen ihr und Mika. Mika, für den sie plötzlich so gar nichts Brüderliches mehr empfand, sondern sich ein Gefühl geformt hatte zwischen Mund, Augen und Bauch, das sich nur eins wünschte: Sie wollte mit jeder Faser ihres Körpers an Mika entlangstreifen. Ihn spüren. Fühlen, was es mit ihm machen würde, wenn kein Stückchen Stoff zwischen ihnen sein würde, und, ja, all das erleben, was sie mit Philip fast einmal erlebt hatte, damals als sie eigentlich Mathe machen sollten und ihre Mutter so ungeschickt hineingeplatzt war.

Lilli ließ unbewusst die Zungenspitze über ihre Lippen wandern. Mika sah sie noch immer an. Die Spannung war unerträglich. Sie wollte am liebsten seine Hand nehmen und sie an ihrem Körper entlangführen. Sie sehnte sich nach einem Kuss … Lilli entfuhr ein Stöhnen. Und sie sah, ohne große Erfahrung darin zu haben, dass Mika unruhig auf seinem Sitz hin und her rutschte, weil irgendwelche Gefühle auch etwas mit ihm machten …

»Mensch, du Glückspilz, vielleicht darfst du dann auch mal eines von Neles vielen Teilen ausborgen!« Sophie, die hinter ihnen saß, hatte sich über die Lehne gebeugt und Lilli ins Ohr trompetet. Stimmung futsch. Welche Teile? Wieso Nele? Lilli durchforstete ihr Gehirn nach einer Erklärung.

»Lilli, hallo, ich rede mit dir!« Sophie zwirbelte mir ihren Fingern in Lillis Haaren herum und grinste dabei Mika an, der in seinen Sitz zurückgeplumpst war. Jetzt lächelte er milde, fast ein wenig so, als sei er erleichtert gewesen über die Unterbrechung. So schien es Lilli jedenfalls, die mit der plötzlichen Wirklichkeit nur mühsam zurechtkam. Auch nicht, als Nele mit spitzer Stimme über alle Reihen hinweg fragte, ob man die Zimmernachbarin auch tauschen könnte. Alle verstummten. Nur bei Lilli war immer noch nichts angekommen.

»Jetzt wird's spaßig!« Sophie hing beinahe kopfüber auf Lillis Sitz. Dabei versuchte sie auch immer, Mika zu berühren, der scheinbar wieder in seinen Bärenschlaf zurückgefallen war und alles aus halb geschlossenen Lidern beobachtete. Umwerfend lässig, wie Lilli fand.

»Nein, Nele, Sie gehen bitte mit der Ihnen zugeteilten Klassenkameradin in ein Zimmer. Das sind zwei Nächte, das wird ja wohl noch zu schaffen sein!« Bärs Stimme hatte den Ton eines Irrenhausdirektors angenommen, und er fuhr fort, die Liste der Zimmeraufteilung vorzulesen. »Sascha und Tomi, Philip geht bitte mit Mika in ein Zimmer …«

Lillis Kreislauf spielte mal wieder verrückt. Zu wenig Schlaf, nur im Laufen ein Knäckebrot, keinen Kaffee, ein Kribbeln in jeder Faser ihres Körpers, und ihr Ex, bisher ihr Sehnsuchtsmann, und ihr neuer Sehnsuchtsmann sollten in einem Zimmer schlafen.

»So ein Zufall, du darfst mit Nele und Philip mit Mika ins Zimmer. Meinst du, das geht gut?« Nicht mehr viel, und Sophie würde es sich zwischen Mika und Lilli bequem machen. Sie war so weit über die Lehne gerutscht, dass sie schon fast im Kopfstand zwischen beiden hing und ihr Busen auf Höhe von Mikas Augen war. Dabei grinste sie die beiden an. Lilli dämmerte, dass sie die entscheidenden Worte in den letzten fünf Minuten nicht gehört hatte. Der Bus fuhr schwungvoll auf den Autobahnzubringer. Große Rechtskurve.

Lilli würde mit Nele in einem Zimmer sein. Mika mit Philip. Sophies Gesicht lief rot an, weil sie es so lange nach unten gehalten hatte.

Mikas Hand lag wieder unerreichbare zwei Zentimeter von Lillis entfernt.

Der Bus beschleunigte, Julius Bär junior erzählte etwas von den Zwei-Tages-Tickets, die sie alle bekommen sollten. Und von Innenhöfen und Gärten, die man entdecken musste, und von der Anna Amalia Bibliothek, für die sie sich erwärmen sollten. Von Weimars Anziehungskraft auf Dichter und Komponisten, ganz besonders in der Klassik im Übergang zur Romantik. Goethe, Wieland, Schiller, Liszt. Sophies Kopf wippte zwischen ihr und Mika, und als Julius Bär junior von den vorzüglichen Thüringer Knödeln anfing, gelang es Lilli gerade noch, in das Netz an der Lehne vor ihr zu greifen und eine kleine, sehr grüne Tüte hervorzuzerren, in die sie das Wenige, was sie gegessen hatte, hineinkotzte.

Lilli, Freitagnachmittag, Weimar

Es war tatsächlich wahr. Sie hatte die Zimmerverteilung ja nur am Rande mitbekommen, weil sie in dem Augenblick viel zu sehr auf Mika fixiert gewesen war. Aber kurz nach der Ankunft musste Lilli der unschönen Wahrheit ins Auge sehen: Sie war mit Nele und Neles Schrankkoffer in einem Zimmer, das die Größe einer Schuhschachtel hatte. Wenn Lilli zu ihrem Bett wollte, musste sie über Neles Koffer steigen, aus dem eine stattliche Anzahl von High Heels herausfiel. Dazu Tops für alle Lebenslagen, Hosen in allen Längen und ein monströser Waschzeugbeutel. Lilli hatte ihre wenigen Sachen in ein Fach im Schrank geräumt, der das Zimmer noch enger machte.

»Du kriegst die linke, ich die rechte Seite, ja? Nele hatte ohne zu fragen die Aufteilung der Betten, der Waschbeckenseite und der Schrankhälfte vorgenommen. In jedem Fall war der Teil, der Lilli zufiel, der schlechtere. Aber Lilli schien es nicht wert, sich darüber aufzuregen. Eigentlich hatte sie ja seit gestern mit Philip Frieden geschlossen, weil sie nicht mehr so sehr auf ihn fixiert war. Um es ehrlich zu sagen, gar nicht mehr. Da war jetzt ein anderer, der zunehmend diesen Platz gegen alle Vernunft beanspruchte. Und er hockte mit Philip in einem Zimmer, keine zwei Türen entfernt. Was, wenn sie Nele davon überzeugen konnte, in der Nacht heimlich die Zimmer zu tauschen? Bär junior musste davon ja nichts mitbekommen. Lilli erschrak über ihre eigenen Gedanken. So weit war es also schon.

Doch zunächst stand die Stadtbesichtigung an. Frauenplan, Goethehaus, Peter-und-Paul-Kirche mit dem Cranach-Altarbild und Nationalmuseum. Bärs Plan war ehrgeizig, und Lilli verstaute den Proviant, den sie schon von zu Hause mitgebracht hatte, in einem kleinen Beutel, den sie mit einem langen Schulterband quer tragen konnte. Als Lilli vom Taschepacken wieder hochsah, stand Nele in einem atemberaubend engen Kleid und Pumps vor ihr. In der Hand ein Täschchen von der Größe einer Seife.

»Zu essen nimmst du nichts mit?« Lilli kam sich vor wie ihre Mutter.

»Sehe ich so aus, als dass in dem Kleid noch was zu essen passen würde, ich hab ja Wasser dabei!« Nele hielt eine riesige Flasche Mineralwasser hoch.

»Äh, und damit willst du die ganze Tour machen?« Lilli deutete auf die Neun-Zentimeter-Absätze von Neles Schuhen.

»Kein Ding, ich werde in jedem Fall nicht wie der letzte Schulausflugstrampel durch die Stadt schlurfen. Genügt schon, dass wir als Gruppe wie bei einer Rentnerfahrt herumlaufen müssen!« Nele hatte dabei etwas spöttisch auf Lillis bequeme Laufschuhe und die Jeans-und-weißes-T-Shirt-Kombi geäugt. Und sie war ganz in ihrem Element. Sie würde die Rolle der Klassen-Diva perfekt spielen.

Keine zwei Minuten später hatte sich die Klasse vor der Jugendherberge versammelt, und es versetzte Lilli einen Stich zu sehen, wie Nele zuerst Philip auf den Mund küsste und dann Mika umarmte, als hätten sie sich Jahre nicht gesehen. Warum machte sie so was? Lilli drängte sich zu Mika durch, als Julius Bär junior zum Aufbruch rief und mit recht flottem Schritt durch die Altstadt von Weimar pflügte. Kleine Gässchen mit hübsch renovierten Bürgerhäusern, Fußwege, die sich an Fachwerk schmiegten, Durchgänge, die zunächst unscheinbar aussahen, sich dann aber als Zugänge zu berühmten Häusern, Gärten oder Lauben entpuppten.

Selbst der Teil der Klasse, der solch eine Bildungsfahrt »unterirdisch« genannt hatte, war von der kleinen Weimarer Puppenstuben-Altstadt fasziniert. Alle, also fast alle. Lilli ärgerte sich unverhältnismäßig über Neles Versuche, sich ständig zwischen Mika und Philip zu drängen. Denn Nele hatte echte Probleme, mit ihren hohen Hacken über das historische Kopfsteinpflaster zu tippeln. Vermutlich suchte sie deshalb die Nähe der beiden Herren, um sich abzustützen.

Als sie Goethes Haus am Frauenplan erreicht hatten, war es Lili endlich gelungen, sich einen Platz an Mikas Seite zu erkämpfen.

»Ist träumschön, diese klitzekleine Weimar, ja Lilli?« Er sah sie begeistert an. Dieser Blick war kaum auszuhalten. Lilli hätte ihn so gerne dabei berührt, stattdessen stakste von hinten Nele heran und warf sich in einem gespielten Schwächeanfall an Mika. In Lilli braute sich einiges zusammen. Und wie sie aus dem Augenwinkel sehen konnte, in Philip auch, der seine Freundin zwar sanft, aber bestimmt wieder von Mikas Schulter gepflückt hatte. Nele schüttelte allerdings seine Hand ab und schob sich geschickt zurück in die Schlange, die jetzt am Goethe-Museum anstand. Direkt hinter Mika, vor Lilli.

»Wir treffen uns in einer Stunde wieder, meine Damen, meine Herren, und besuchen dann Goethes Wohnhaus. Bitte pünktlich sein. Und die Butterbrote lassen Sie schön in den Schließfächern am Eingang!« Bär juniors Stimme klang schon eine Spur genervter als heute Morgen. Fünfundzwanzig Elftklässler in der freien Wildbahn waren eine andere Nummer als im Klassenzimmer, vielleicht ging ihm auch sein Ginkgo ab, sein Maskottchen. Wobei es in Weimar vor Ginkgos nur so wimmelte, wie Lilli auf dem Weg zum Museum festgestellt hatte. Es gab sogar ein Ginkgo-Museum, und dieser Baum musste wirklich alt wie die Hölle sein, wenn er schon im Museum auftauchte.

Nachdem Bär die Eintrittsformalitäten geregelt hatte, schwärmte die Klasse aus. Ein Grüppchen blieb zurück: Philip und Lilli, Mika und Nele, genau in dieser Reihenfolge, denn Nele hatte sich schon wieder an Mikas Fersen geheftet. Lilli sah heimlich zu Philip, der aber inzwischen ganz entspannt aussah, so als würde er die Auszeit von der Klette genießen. Na bravo, jetzt wo Lilli endlich über ihn hinweg war, schien er sich wieder für sie zu interessieren. Oder wie sollte sie sonst deuten, dass sie seine Hand plötzlich an ihrem Unterarm spürte?

»Philip, alles klar?«

»Alles bestens!«

Sie hatten alle vier die ersten Ausstellungsvitrinen erreicht. Die Ausstellungsmacher hatten sich richtig viel einfallen lassen. In immer unterschiedlichen Lichtverhältnissen mäanderten Wege zu den Vitrinen, die sorgfältig Schriftstücke, Malereien oder Alltagsgegenstände aus Goethes Leben zeigten. Den größten Eindruck machte gleich zu Anfang Goethes Reisemantel.

»Krasses Teil!« Nele war in ihrem Element.

Philip verdrehte die Augen. Nanu, Lilli war irritiert. Nele schien Philip tatsächlich zu nerven. Warum ausgerechnet jetzt? Sie versuchte, mit Mika Schritt zu halten, der endlich ohne Nele, die immer noch die Falten des alten Mantels studierte, zügig durch das Halbdunkel der Ausstellung stromerte. Vor einem kleinen Bildchen war er stehen geblieben.

»Das sieht aus wie dü!«

Lilli beugte sich vor und sah die Miniatur einer Dame, die Goethe anscheinend nahegestanden hatte. Schmales Gesicht, hochgesteckte Haare.

Na ja, mit viel Fantasie, dachte Lilli. Da nahm Mika ihre Haare und hielt sie hoch. Stromschläge bis an die Haarwurzeln. Lilli konnte kaum atmen, die Geräusche ihrer Mitschüler verloren sich in den verschiedenen Winkeln der Ausstellung, die immer wieder kleine Nebennischen hatte, wo in völliger Dunkelheit nur schwach beleuchtete, besonders lichtempfindliche Kostbarkeiten gezeigt wurden. Mika hatte die Hand wieder aus Lillis Haaren genommen. Sein Gesicht befand sich keine zehn Zentimeter von ihrem entfernt. In dem dunkelgrau gestrichenen Räumchen war es warm, aber nicht stickig. Es roch ein wenig nach Mottenkugeln und Veilchenpastillen, ein urtümlicher Geruch, aber nicht unangenehm. Neben dem ausgestellten Bildchen lag noch ein Brief mit schnörkeligen, aber akkuraten Buchstaben. Goethes Worte an die Dame. Eine gesetzte Fassung lag daneben.

»e r g e b e n s t e r B e w u n…! Was schreibt der Mann?« Mika versuchte es zu entziffern und zu verstehen.

»Er fand die Frau wohl ziemlich heiß, und weil man das damals nicht direkt gesagt hat, ist Goethe ein berühmter Dichter geworden. Schließlich hat er jeden Gedanken, der ihm durch den Kopf geschossen ist, schriftlich festgehalten. Das machen wir zwar auch, aber unsere WhatsApp-Nachrichten werden es nicht in ein Museum schaffen!« Lilli hatte geflüstert, weil man in Museen automatisch flüsterte.

»Wen hat Goethe erschossen?« Mika wirkte echt entsetzt und hatte die Stirn in Dackelfalten gelegt.

Lilli wurde warm ums Herz.

»Niemanden, Mika, man sagt das so, wenn man Gedankenblitze hat, dann schießt einem was durch den Kopf.« Lilli wuschelte durch Mikas Haare, die schon wieder vorwitzig in alle Richtungen abstanden. Zunächst sah es so aus, als würde Mika seinen Kopf in Lillis Hand schieben, doch dann ruckte er zurück und schüttelte lachend Lillis Hand ab, schob sich flink an ihr vorbei aus dem Kabuff und rief ihr zu: »Schnell, wir müssen noch die ganze Goethekram ansehen, vielleicht finden wir auch was über die Ginkgo.«

Mist, die Aufgabe hatte Lilli völlig verdrängt. Und noch etwas hatte Lilli verdrängt: die Klette Nele, die bereits wieder an Mikas Arm hing und gespielt interessiert in die Vitrinen glotzte. Wieso stieß er ihren Arm nicht weg? Lilli wurde von Philip eingeholt. »Nettes Paar, was?« Er nickte in Richtung Mika und Nele, die mit ihren hohen Absätzen fast so groß wie Mika war.

»Hm, krieg mich kaum ein vor Begeisterung!«, entfuhr es Lilli. Das wollte sie so nicht sagen, schon gar nicht vor Philip, der sie erstaunt ansah und sie dann an der Schulter zurückhielt.

»Lilli, ich muss dir was sagen, also das mit unserer Trennung, das hab ich glaub ich damals nicht sehr schön gemacht. Ich meine, plötzlich war da Nele, und ich musste es dir irgendwie beibringen und du warst ja so lange weg bei deiner Oma. Und diese verflixten langen Ferien.«

Mist, Mist und Doppelmist, warum fing Philip jetzt damit an? Jetzt, wo sie endlich den gewünschten Abstand bekommen hatte. Jetzt, wo alle ihre Sinne in eine ganz andere Richtung strömten, auch wenn Mika ihre Gefühle offensichtlich noch nicht so erwidern konnte. Oder wollte, aber daran mochte Lilli nicht denken.

»Lilli, das mit Nele ist nicht so, wie du denkst, sie ist –« Weiter kam Philip nicht mit seinen Ausführungen, denn Nele verfügte offensichtlich über den siebten Sinn und hatte sich zurückfallen lassen, klebte also nicht mehr an Mika, der sich nur kurz umgedreht hatte.

»Philip, wo bleibst du denn? Ich will jetzt raus aus diesem stickigen Staubkasten. Das ist so was von öde hier!« Nele stöckelte an ihnen allen vorbei dem Ausgangsschild zu.

Die war ja noch blöder, als Lilli angenommen hatte. Dieses Museum war überhaupt nicht staubig und die Stunde war auch noch nicht um. Philip wirkte unentschlossen, was er tun sollte. Nele folgen oder mit Lilli und Mika die Ausstellung zu Ende anschauen. Lilli sah ihm tief in die Augen mit einem *Willst du wirklich hinter Nele herrennen und dich zum Affen machen?*-Blick. Philip hatte genau verstanden. Sie kannten sich zu gut. Und Lilli hatte plötzlich das Gefühl, dass sie jetzt einmal den Spieß umdrehen könnte: Sie würde Mika mit Philip eifersüchtig machen. Selbst schuld, wenn er ihre subtilen Zeichen nicht verstand, dann musste sie eben mit der Holzhammermethode ans Werk gehen. Auch wenn die Lilli nicht lag.

Sie hakte sich bei Philip und Mika unter und zog beide weiter in die noch nicht besichtigten Ausstellungsräume. Nele sollte hier nicht länger den Takt angeben. Sie würde sich jetzt mal um die beiden Jungs kümmern. Lilli spürte links Philips vertrauten Arm und rechts den muskulösen Arm von Mika, und wenn sie ehrlich war, war das ein Supergefühl. Ein ganz klein wenig konnte sie Nele verstehen, die mit ihrer touchy Art jeden angrapschte. Eine Art Markierungsgeste. Alles meins.

Jetzt war erst mal alles Lillis, die nächsten zehn Minuten, bis sie sich wieder mit der Klasse treffen würden, um Goethes Wohnhaus, das gleich neben dem Museum lag, zu besichtigen. Wenn Lilli Nele richtig einschätzte, würde sie sich auch vor diesem Kulturangebot drücken. Und Lilli hätte wieder beide Jungs für sich allein.

Das Leben wurde von Minute zu Minute schöner!

Sandra, Freitagabend

Sandra hatte gerade den Kiosk abgeschlossen. Es war kurz vor neun. Die letzte Stunde war sie eigentlich ausschließlich mit dem Beseitigen der Geschirrberge beschäftigt gewesen. Und sie verfluchte sich für die Idee mit den Blaubeeren. Mitten auf ihrem hübschen neuen Kleid, zwischen den hellblauen und erdbeerfarbenen Kringeln, hatte sich dunkelblau eine Blaubeere verewigt. Genau auf ihrer rechten Brust.

Die kleinen, fast schwarzen Beeren mit dem intensiven Farbstoff schienen sich fast überallhin verirrt zu haben. Sie hatten hässliche Spuren auf dem Boden hinterlassen, ließen sich in Kombination mit getrocknetem Frischkäse kaum von den Tellern entfernen und hatten bei ihren Gästen Zombiezähne verursacht. Aber geschmacklich waren sie gut angekommen. Es lief wie geschmiert. Doch ob es die Blaubeertörtchen in die Hitliste ihrer Gebäckliste schaffen würden, war noch sehr fraglich.

Sie hatte den Sack mit der dreckigen Wäsche (Blaubeerflecken!) unter ihr Kinn geklemmt und zog mit der einen Hand die Kiosktür fest zu, mit der anderen steckte sie den Schlüssel in das Sicherheitsschloss. In ihrer Tasche sprang das Klingeln des Handys an, *Summerwine* von Ville Valo und Natalia Avelon. Ausgerechnet jetzt, wo sie keine Hand frei hatte – aber

Sandra hatte noch nichts von Lilli gehört, das würde sie sein. Sie ließ den Wäschesack fallen und kramte hektisch nach dem Telefon.

»Lilli?«

»Nicht ganz, Järä!«

»Järä?« Wenn Sandra mit einem nicht gerechnet hatte, dann, Mikas Vater so schnell wiederzuhören. »Hey. Wie geht's dir, brauchst du wieder einen Gebäcknamen?«

»Süper, äläpäs, also nein, *kiitos*, ja auch … Ich wollte dich fragen, ob dü mit mir ausgehst?« Seine Stimme klang heute noch näher als sonst.

»Was?« Sandras Gegenfrage klang irritiert und erfreut zugleich.

»Nicht erschrecken, aber ich stehe direkt hinter dir!«

Sandra fuhr herum. Der Park wurde abends, wenn auch die letzten Flaneure weg waren, zu einem eigentlich ziemlich ruhigen Ort, in dem nur die Tiergeräusche und die wehenden Blätter Musik machten. Hinter einer mächtigen Kastanie trat ein Schatten hervor. Sandra musste schlucken.

»Sandra, ich könnte nicht länger warten. Ich wöllte sehen, wie das ist, hier bei meine Sohn, bei euch, bei dir!«

Sandra hielt immer noch das Telefon ans Ohr, obwohl sie ganz offensichtlich mit einem ihr unbekannten Mann sprach, der gerade mal zwei Meter von ihr entfernt stand.

»Ich hab die Flügzeug genommen. Kürze Flüg und bin gleich hierher, dü hast mir ja erzählt von die kleine Milchfabrik und die *Finnische Tage*, hier bin ich!«

Järä stand nun vor Sandra. Eine gedrungene, kräftige Ausgabe von Mika in fünfunddreißig Jahren. Er streckte ihr seine Hand hin, und Sandra, die immer noch unbeweglich mit

Schlüssel, Handy und Wäschesack zwischen den Beinen dastand, wusste nicht, was sie zuerst tun sollte.

»Järä, das ist eine … Überraschung, aber hättest du nicht vorher a…«

Järä hatte nicht lange abgewartet, bis Sandra ihre logistischen Probleme mit den freien Händen gelöst hatte, sondern drückte ihr zwei dicke Küsse auf die Wange. Dann bückte er sich, nahm den Wäschesack auf, hakte Sandra unter und fragte: »Wöhin gehen wir essen?«

Sandra konnte sich nicht erinnern, wann sie das letzte Mal so passiv etwas mit sich hatte geschehen lassen. Was tat sie hier? Wer war Järä? Ein Mann, mit dem sie zweimal je ein paar Minuten telefoniert hatte, der angebliche Vater von Mika. Okay, ein Zweifel war ausgeschlossen, bei der physischen Ähnlichkeit. Aber trotzdem? Ein Mann, der sich in Finnland mit Keksen beschäftigte, weil er eine marode Keksfabrik geerbt hatte?

»Sandra, dü bist ein Schönheit in die Kleid!« Sein Blick war auf dem Blaubeerfleck hängen geblieben. »Nur die Kleid müsst du heute Nacht in Buttermilch legen, wegen die Fleck!« Er zeigte mit seinem Zeigefinger direkt auf Sandras Busen. »Wir haben das *probleema* öft in Finnland!«, setzte er als Erklärung hinzu.

Sie waren inzwischen in den belebten Teil der Maxvorstadt, dem Univiertel, gekommen. Zwischen den Häuserwänden hatte sich die Wärme des Tages gespeichert und in allen Lokalen herrschte draußen noch lebhafter Betrieb. Järä zog Sandra in den Garten eines kleinen extravaganten, weil veganen Restaurants. Windlichter in bunten Papiertüten standen auf den Tischen. Hipster, Studenten, Kreative und grauhaarige Filmveteranen aus den nahen Arri-Studios bevölkerten die Szene. Sandra versuchte krampfhaft, ihren Blaubeerfleck mit der Hand zu verdecken, bis Järä ihr die Hand entzog, einen Handkuss andeutete und sie auf einen leeren Stuhl drückte. »Du müsst jetzt gar nichts mehr. Ich freue mich sehr, dich kennenzulernen. Wo ist übrigens deine Mann?«

Sandra wusste in dem Augenblick, dass ihr Gesicht cranberryrot anlaufen würde, und täuschte einen Hustenanfall vor.

»Er ist nicht da?« Järä lächelte.

Sandra schüttelte den Kopf.

»Nicht die perfekte Familie?« Järä lächelte noch immer.

Sandra nickte.

»Die Dinge sind oft nicht so, wie man wünscht. Lass uns über mein Idee mit die Keksfabrik reden, aber vorher trinken wir diese leckere bayerische Bier.«

Keine zwei Minuten später hatten Sandra und Järä je mit einer Flasche Tegernseer angestoßen, und Sandra beschlich das Gefühl, es würde ein neues Leben für sie beginnen.

Lilli, Freitagabend,
Weimar

Von dem guten Gefühl des Nachmittags war nicht mehr viel übrig. Keine Ahnung, wie es Nele geschafft hatte, sich in der Pizzeria direkt neben Mika zu setzen, und Sophie hatte sich gleich noch auf der anderen Seite platziert. Lilli blieb nichts anderes übrig, als sich an den Nebentisch zu setzen, zusammen mit dem Cloderich, Philip und … Julius Bär junior. Ganz toll. Philip sah abwechselnd von Lilli zu Nele und wirkte von Pizzastück zu Pizzastück verletzlicher, während Mika den finnischen Frauenversteher gab und Sophie und Nele aus dem Gackern nicht mehr herauskamen. An Lillis Tisch faselte Bär junior mit vollem Mund über die *Wahlverwandtschaften.* Der Kontrast hätte nicht größer sein können.

»Diefe Falotte, fie pfürte genau, daff ein Dritter die Bepfiehung ftören würde.« Trotz der feuchten Aussprache ihres Lehrers horchte Lilli auf. »Goethe fuf mit feinem Roman ein Beifpiel für Bepfiehungsmufter.« Bär schluckte seine Pizza runter. »Aber wenn man so jung ist wie ihr, scheinen einem komplizierte Beziehungsmuster weit weg, und das ist gut so.« Er guckte ein wenig wehmütig, und Lilli dachte kurz daran, dass Bär junior vielleicht auch eine unglückliche Liebesgeschichte erlebt hatte und sein Symbol dafür nun der Ginkgo war. Warum er allerdings noch einmal die Rede auf Lillis Strafarbeit brachte, verstand Lilli nicht.

»Gut gemacht, Lilli, dein Beispiel zeigt genau, wie ein und dasselbe Gefühl in zwei Epochen klingen würde. Dabei hatte er sein besonders zerfleddertes Exemplar der *Wahlverwandtschaften* aus der Sakkotasche geholt und betrachtete den handgerissenen Zettel, auf dem Lilli das Gedicht geschrieben hatte. *Meine Fresse*, schoss es Lilli siedend heiß durch den Kopf, der benutzte doch tatsächlich ihr Gedicht als Lesezeichen. Danke, lieber Bär junior, dass es jetzt auch alle sehen können. Philip pfiff leise durch die Zähne.

»Zwei sind einer mit doppelter Kraft, nur wenn sie lieben. Echt Lilli, das ist von dir?« Philips Blick bohrte sich in Lilli wie eine Spritze beim Zahnarzt. Wenn einer das jetzt nicht lesen sollte, dann Philip. Der, der es lesen sollte, saß viel zu weit weg, um die Worte zu verstehen. Außerdem bezweifelte Lilli, dass Mikas Deutsch für Lyrik ausreichen würde. Lillis Laune geriet ins Abwärtstrudeln. Und das wurde noch beschleunigt, als ihr Lehrer sein Handy herumgehen ließ, um allen anderen Lillis perfekte Umsetzung des Gedichts in SMS-Deutsch zu zeigen: *Ich :-) und du (-: = 2love*

»Strafarbeiten können manchmal verborgene Talente zum Vorschein bringen!« Bärs Gesicht glänzte befriedigt, zum einen wegen der Hitze in der Pizzeria und zum anderen wegen seiner pädagogischen Glanzleistung. Lilli hätte ihn erwürgen können, zumal einige ihrer Mitschüler mit beiden Händen das Herzzeichen formten und dämlich dazu grinsten. Das hatte ihr noch gefehlt. Wahrscheinlich würden sie ihr deshalb auch noch eine Schwärmerei für ihren Lehrer andichten.

♥

Ausgerechnet in diesem Augenblick langte Sophie vom Nebentisch auf Lillis Teller herüber, um sich ein Stück von der Capricciosa zu nehmen, die Lilli nicht mehr schaffte. »Lilli, der ist so süß, dein Finne. Mann, das glaubst du gar nicht!«

Oh doch, das glaubte Lilli. Der Kerl gab sich alle Mühe, die beiden Damen zu bespaßen. Und wenn Nele jetzt noch einmal ihre Pizzafettfinger auf Mikas Schulter pappen würde, würde Lilli vor versammelter Mannschaft platzen. Aber Philip kam ihr zuvor. Offensichtlich hatte Lillis Gedicht auch bei ihm etwas ausgelöst. Er stand plötzlich auf, warf den Stuhl dabei um und giftete Nele an. »Sag mal, für wie blöd hältst du mich eigentlich?« Die ganze Klasse hielt den Atem an, nur Mika mampfte fröhlich weiter übrig gebliebene Pizzastücke in sich rein. Weil er sich gar keiner Schuld bewusst war und vermutlich noch nicht einmal mitbekommen hatte, wie sich hier die Mädels um ihn rissen.

»Nun chill doch mal, ey. Du bist so was von unentspannt, Philip. Das geht mir manchmal so auf den Geist!« Nele hatte ordentlich gekontert und dabei das hochnäsigste Gesicht zwischen Weimar und Peking aufgesetzt.

»Ich unentspannt? Ach ja. Und du machst hier auf Völkerverständigung, oder was?« Dabei wedelte Philip mit seiner Linken zwischen Nele und Mika hin und her. Sophie machte vor ihrem Gesicht Flatterbewegungen mit ihren Händen. Eine völlig affige Geste, wie Lilli fand, die nicht undankbar war, dass Philip ihr den eigenen Ausraster erspart hatte. Man machte sich doch auch immer ein bisschen lächerlich mit diesen Eifersuchtsnummern. Lilli musste kurz daran denken, dass sie heute Nachmittag nichts anderes getan hatte als Nele und Sophie gerade: Sie hatte es genossen, die beiden Herren für sich zu haben. Da hätte sie auch keinen Eifersuchtsanfall von Philip oder Mika brauchen können.

Lilli berührte Philip, der mit bebenden Lippen neben ihrem Tisch stand, am Arm. »Setz dich wieder, Philip. Wir sind heute vielleicht alle ein wenig angespannt. Dieses Weimar scheint ein Ort für Beziehungskisten zu sein, wenn ich Herrn Bär vorhin richtig verstanden habe. Kein Wunder, dass Goethe hier zur Höchstform aufgelaufen ist!«

Bär junior, der unfreiwillig zuhören musste, machte Applaus-Bewegungen und erhärtete damit unfreiwillig den Verdacht, dass hier irgend so ein schwärmerisches Lehrer-Schülerinnen-Ding lief. »Sehr gut, Lilli, genau das. Es gibt Orte, die haben tatsächlich eine Aura, die ganz besondere Geister in extremem Maße beflügelt. Wien war das zur Zeit der Wiener Klassik, das perikleische Athen in der Antike und eben das Goethesche Weimar. Es ist immer eine Mischung aus guten Lebensverhältnissen, in denen sich sorglos arbeiten lässt, Menschen, die aufeinandertreffen, und ein gewisser Zeitgeist. Nirgends woanders hätte Goethe –«

Lilli war sich sicher, dass Bär noch eine ganze Weile weiterreden würde, aber Philip war aus der Pizzeria gestürmt. Keine schlechte Idee – es wurde im wahrsten Sinne des Wortes zu heiß hier drin … Sie stand auf und folgte ihm, sah aber aus dem Augenwinkel, wie Mika sie erstaunt anstarrte.

»Philip, warte.« Philip war unweit der Pizzeria in einen dunklen Durchgang mit einem mächtigen barocken Torbogen verschwunden. Weimar konnte sehr dunkel sein, dort, wo die Touristenströme nachts versiegten.

Lilli versuchte hinterherzukommen, aber das Pflaster in Weimar hatte nicht nur schon viele Künstler getragen, sondern auch schon viele Besucher und eine DDR überstanden. Auch ein Vierteljahrhundert nach der Wende fühlten sich manche Ecken der hübschen Stadt an wie aus einem Historienfilm. Nur das holprige Kopfsteinpflaster mit seinen Schlaglöchern und Unebenheiten war ziemlich echt. Philip lehnte an einer Hausmauer, die zu einem kleinen Stadtpalais gehörte, atmete schwer und starrte Löcher in die Luft. Lilli stellte sich neben ihn. So allein und so nah waren sie sich die letzten drei Monate nicht gewesen. Noch vor zwei Tagen hätte sich Lilli nichts sehnlicher gewünscht, doch da hatte es auch noch nicht zwischen ihr und Mika gefunkt. Jetzt wollte sie ihn nur noch schwesterlich trösten.

Sie legte den Arm um Philip, der es geschehen ließ und sie sogar näher an sich zog.

»Lilli, was hab ich gemacht? Ich bin ein Volltrottel!«

»Allerdings, das bist du. Mitten in einer voll besetzten Pizzeria auszurasten, ist schon eine Meisterleistung der Peinlichkeit.« Lilli kicherte ein wenig verhalten.

»Das mein ich doch nicht!«

»Wie, das meinst du nicht?«

»Ich meine die Sache mit Nele, warum hab ich das angefangen? Warum hab ich dich sausen lassen?« Er drückte Lilli fester an sich, sein Mund war an ihrer Halskuhle, niemand konnte da cool bleiben.

Lilli schluckte.

»Was meinst du? Bereust du jetzt auf einmal unsere Trennung?« Sie war sich nicht sicher, ob sie die Antwort hören wollte. Vor einem Monat, vor vierzehn Tagen, vor zwei Tagen ja, aber jetzt. Seine Lippen waren blitzschnell auf ihren gelandet. Ein vertrautes Gefühl trotz der langen Pause, und Philips Hände waren plötzlich überall.

Lilli wand sich aus der Umklammerung. »Mann, spinnst du? Was ist denn jetzt los?«

»Aber du willst es doch auch. Ich weiß doch, wie du leidest, wenn du mich mit Nele siehst. Ich mache Schluss mit ihr. Diese Weimarfahrt hat mir die Augen geöffnet. Und wie schamlos sie sich an Mika ranschmeißt. Bitte versteh mich nicht falsch, ich mag ihn, er ist ein Supertyp, aber irgendwie steht der auf dem Schlauch. Es muss ihm doch auffallen, dass er von allen Seiten angegraben wird.«

Völlig falsche Richtung, hier lief was in die völlig falsche Richtung. Lilli verschränkte die Arme vor der Brust, als wollte sie sich vor neuen Übergriffen schützen. Oder wollte Philip vor ihren eigenen Gefühlen für Mika schützen. Dabei hatte es ihr einen Stich versetzt, dass es auch anderen auffiel, wie sich die Mädels an Mika ranschmissen. *Ihr* Mika, mit dem sie Tango getanzt, auf dem Balkon gesessen und das Sich-ewig-in-die-Augen-starren-Spiel gespielt hatte. Wer als Erster den Kopf wegdrehte, hatte verloren. Mika, den sie jetzt an die Stelle von Philip wünschte. Dessen Lippen sie gerne geküsst hätte.

Sie wischte sich mit dem Handrücken über die Lippen, als der Mond hinter einer Wolke hervortrat und den Hinterhof in ein milchiges, blaugraues Licht versetzte, das wie bei einer Theaterinszenierung einzelne Punkte ganz genau beleuchtete. Philip, dessen Gesicht so verletzlich wie nie wirkte und der immer wieder versuchte, Lilli an sich zu ziehen. Das Schild, das über Philips Kopf angebracht war und dem Hinterhof plötzlich einen Namen gab: *Wohnhaus der Anna Amalia,* und keine zwei Schritte entfernt Mika, der aus dem dunklen Mauerschatten in den Mondschein getreten war und Lilli und Philip ziemlich verblüfft anschaute.

Ganz, ganz großer Mist. Nach was sah das hier aus? Nach einer ziemlich intimen Situation zwischen Lilli und Philip. Und nach was hätte es aussehen sollen? Nach trösten, bestenfalls schwesterlich umarmen.

Lilli rückte von Philip ab. »Mika, Philip musste sich erst einmal beruhigen, dieses Weimar macht komische Stimmung bei Liebespaaren, und Nele tut wirklich alles, um Philip eifersüchtig zu machen!«

»Ach ja? Ich hatte eine kömische Gefühl vorhin!« Mika war unerwartet ernst.

»Wie meinst du das?« Leider wusste Lilli nur zu genau, wie er das meinte.

»Dü ünd Philip?!«

»Nein!« Das Nein kam Lilli viel zu schrill über die Lippen. Der Mond hatte sich passenderweise inzwischen hinter einer Wolke versteckt und den Hof der guten Anna Amalia wieder in gnädiges Pflaumenblau getaucht. Weder Mika noch Philip konnten die Panik in Lillis Gesicht sehen. Nur Philip schien so langsam aus seiner Starre zu erwachen.

»Echt nett von dir, Mika, nach uns, äh mir zu sehen, aber es geht schon wieder. Lilli … ich hatte da wohl was missverstanden!« Er machte eine wegwerfende Handbewegung und schob sich von der Mauer weg. Lilli war sich nicht sicher, ob er mit dem Missverständnis Neles Gebaggere meinte oder Lillis abweisende Art. Was sie aber sehr gut sehen konnte, war, dass Philip Mika freundschaftlich auf die Schulter klopfte und sich zusammen mit ihm auf den Rückweg zur Pizzeria machte.

Lilli blieb nichts anderes übrig, als über die unebenen Pflastersteine der Einfahrt zu Anna Amalias Stadthaus hinterherzustolpern. Sie würde sich das morgen mal bei Licht ansehen, den Ort, wo sie innerhalb weniger Minuten gleich zwei Männer vor den Kopf gestoßen hatte. Bravo, Lilli Kehlmann, sagte sich Lilli, die das Gefühl nicht loswurde, dass diese Wahlverwandtschaften ansteckend waren.

Sandra, Samstagmorgen

Sandra saß mit hochgezogenen Knien und im Morgenrock auf einem der bunt gestrichenen Stühle in ihrer Küche. Sie nippte an einem Becher Milchkaffee, im Ofen bullerten mehrere Kuchen vor sich hin. Auch finnische Cupcakes waren darunter, wie sie eine neue Variante mit Preiselbeeren spontan getauft hatte.

Durch die Fenster zwitscherten die Vögel, es war Samstag, schönes Wetter, Parkwetter, und eigentlich hätte sie sich fürchten müssen vor dem Ansturm, der heute wieder über ihren Kiosk hereinbrechen würde. Und das mit Minimalbesetzung: eine Aushilfe und sie. Aber Sandra war bester Laune. Um ihre frisch gewaschenen Haare hatte sie ein quietschrosa Handtuch geschlungen. Zusammen mit dem wild geblümten Bademantel sah sie ein wenig nach Urlaub aus. Trotz zu wenig Schlaf fühlte sie sich frisch, die Kuchen waren ihr heute wie nichts von der Hand gegangen. Appetitlich aufgereiht standen schon Apfel-Marone-, Käse-Mohn- und Beerenküchlein zum Auskühlen auf dem Küchentisch. In der ganzen Wohnung hing dieser absolut gemütliche Duft nach warmem Zucker und Fruchtaromen.

»Güten Morgen, meine süße Sandra!« Järä tapste nur in viel zu großen Boxershorts bekleidet in die Küche. Er griff sich eines der Küchlein und streichelte Sandra über die Wange, bevor er ihr einen Kuss mitten auf den Mund gab. Sandras Gesicht verfärbte sich in Richtung quietschrosa. Was hatte sie nur gemacht beziehungsweise was hatte sie *nicht* gemacht? Sie hatte Järä nach dem wunderbar unterhaltsamen Abend in dem Lokal eingeladen, in Mikas, also ihrem Schlafzimmer zu übernachten. Järä hatte keine Sekunde gezögert, seinen Seesack, der auffallende Ähnlichkeit mit dem von Mika hatte, zu schultern und bei ihr einzuziehen. Dann waren sie noch lange auf dem Balkon gesessen, hatten über Kekse, Seen, alte Mühlen und vor allem über Männer in der Midlife-Crisis gesprochen. Auch über Christian.

Järä konnte wunderbar zuhören und dann mit einem knappen Satz in finnischem Akzent alles relativieren. Und schließlich musste Sandra vernünftig sein und ins Bett gehen. Järä hatte sie kurz festgehalten und gefragt: »Müsst du alleine?« Und sie hatte gelacht und gesagt: »Ja, müss ich alleine!« Dann hatte Järä kurz den bedauernden Dackelblick ausprobiert, und Sandra war nahe dran gewesen nachzugeben, aber schließlich hatte er entspannt mit den Achseln gezuckt und sie mit einem Gutenachtkuss auf beide Wangen entlassen.

Es hätte mehr sein können. Sandra war kurz davor gewesen, mit einem völlig Fremden, dem Vater ihres Austauschgastes, ins Bett zu gehen. Sie war standhaft geblieben, aber sie hatte seit unendlich langer Zeit wieder das Gefühl, als Frau gesehen zu werden. Vielleicht war es Christian auch so gegangen, vielleicht hatten sie beide sich nur noch als Arbeitskollegen betrachtet und nicht mehr gespürt, dass sie auch als Paar zusammengehörten?

Dabei fiel Sandra ein, dass Järä nichts über Frau Pulska gesagt hatte, außer dass sie *not amused* war, als er seinen Job als Verkaufsleiter einer gut gehenden Möbelkette aufgegeben hatte, um das Erbe seines kauzigen Onkels anzutreten. *Not amused* hatte Järä so ausgesprochen, als würde es sich um eine ansteckende Krankheit handeln. Und Sandra ahnte auch aus vielen enttäuschten, aber auch zärtlichen Gesten, die Järä ganz beiläufig in die Unterhaltung einstreute, dass in Hämeenlinna auch nicht alles mitternachtssonnenheiter war. Järä hatte sich ein zweites Küchlein geschnappt und war hinter Sandra getreten.

»Dü bist meine Kuchenkonigin, was hältst du von die Idee: Dü machst mir die Rezepte für mein neue Fabrik, ich verkaufe, das kann ich, ob Kommode oder Keks ist einerlei. Deal?« Er hatte Sandra die Hand in den Nacken gelegt und Sandra ließ vor lauter Wohlfühlgefühl fast ihren Kaffeebecher fallen. Vermutlich hätte sie auch Ja gesagt, wenn er gefragt hätte, ob sie mit ihm Rentiere in Lappland züchten wollte.

Lilli, Samstagmorgen, Weimar

»Mann, verdammte Scheiße, Philip, du rennst auch wie ein Stier. Was gehen mich diese erbärmlichen alten Bäume hier an!« Nele saß auf dem Kopfsteinpflaster vor der Weimarer Musikhochschule und rieb sich den Knöchel. Vierundzwanzig Menschen sahen ihr dabei zu, und Philip war in der misslichen Lage, plötzlich im Mittelpunkt zu stehen.

Lilli wusste, wie ihm diese Situation gerade auf den Keks ging. Nele, die ihn eh schon gewaltig nervte, alle Aufmerksamkeit auf ihm und dazu die Dämlichkeit seiner Freundin, mit High Heels zum Klassenausflug zu erscheinen. Heute Vormittag sollten sie eigentlich alle ihren gestellten Aufgaben bearbeiten. Für Nele und Philip hieß das, die Bäume von Weimar, für Lilli und Mika der Ginkgo.

Lilli hatte sich alles in den buntesten Farben ausgemalt. Sie und Mika allein auf den Wegen des Ginkgos in Weimar. Genügend Zeit, endlich wieder einmal nah bei Mika zu sein und eventuell jenes Eis zu brechen, das bisher immer einen Kuss verhindert hatte. Es war hochanständig von Bär junior, seinen Rundgang gleich bei dem stattlichen Ginkgo vor der Musikhochschule zu beginnen. Julius Bär hatte gerade angefangen, vom Symbol der Hoffnung zu sprechen, das der Ginkgo verkörpere, seit ein Ginkgobaum den Abwurf der Atombombe über Hiroshima überdauert hatte, als sich Nele auf dem unebenen Belag der Residenzstadt aufs Pflaster legte.

»Haben Sie sich wehgetan, Frau Deller-Waller?« Bär gab sich Mühe, den Namen nicht wie della Valle auszusprechen, und schien echt besorgt, als er zu ihr hintrat. Neles Knöchel hatte sich in der kurzen Zwischenzeit verdoppelt und eine unschöne Farbe angenommen. Auch ohne Antwort konnte man erkennen, dass ihr Ausflug wohl hier enden würde. Philip kniete bei ihr, aber was noch viel schlimmer war, Mika auch.

»Das müss gewickelt werden. So was haben wir bei Eishöcky immer. Ich hab Bandagen dabei, aber dü müsst stillliegen.« Mika berührte Neles Knöchel fast zärtlich, was ihr allerdings nur ein scharfes Zischen und hässlich verzerrte Mundwinkel entlockte. Lilli musste sich heftig auf die Lippe beißen, um nicht schadenfroh zu lachen. Gab es echt einen Augenblick, in dem Nele nicht nur gut aussehen wollte? Vielleicht hatte das alles auch sein Gutes: Sie würden Nele los sein.

»Das sehe ich auch so«, stellte Bär junior fest und winkte ein Taxi heran. »Sie lassen sich jetzt von den beiden Herren zurück in die Jugendherberge begleiten, versorgen den Fuß und kommen dann nach. Wir sind dann vermutlich in Goethes Gartenhaus im Park!« Er machte eine weite Armbewegung über den Park an der Ilm. Lilli rutschte das Herz in die Hose. Mika und Philip würden sich um Nele kümmern und sie durfte den ganzen Ginkgokram alleine machen. Und was das Schlimmste war, Nele würde die Situation voll auskosten.

Das herbeigerufene Taxi hatte gerade die Patientin und ihre Begleiter aufgenommen und fuhr gemächlich davon. Lilli hatte noch das Bild im Kopf. Taxi. Hinterbank. Mika, auf dessen

Oberschenkel der verletzte Fuß von Nele ruhte. Neles Kopf lehnte an Philip.

Lilli konnte nicht sagen, was sie eifersüchtiger machte. Neles Luxusposten, sitzend zwischen den beiden, oder dass Mika, ihr Mika, nun offensichtlich auch Neles Bann erlegen war. Als hätte das Schicksal Lust auf Streiche im Doppelpack, hefteten sich jetzt auch noch Severin und der Cloderich an Lillis Fersen, als ob die beiden nur darauf gewartet hatten, Lilli einmal ohne Begleitung zu erwischen. Herzlichen Dank auch. Nichts brauchte sie jetzt dringender als Nervensägen und Vollstreber!

Sandra, Samstagmittag,
Milchkiosk

Sandra konnte ihr Glück kaum fassen. Järä bewegte sich im voll besetzten Garten vor dem Milchkiosk, als hätte er sein ganzes Leben lang nichts anderes gemacht. Und es war in der Früh gar keine Frage für ihn gewesen, er wollte unbedingt mitkommen, »das Geschäft kennenlernen«, wie er sagte, schließlich plante er das Konzept in Hämeenlinna zu übernehmen.

Er schaukelte wild beladene Tabletts mit Minikuchen durch die Menge, räumte Geschirr zusammen, schob, während er einem Lea-Charlöttchen Starthilfe mit dem Laufrad gab, die Stühle wieder zurecht und plauderte unbekümmert in seinem finnisch-deutschen Singsang mit den Gästen, als würden sie sich schon ewig und drei Tage kennen.

Immer wieder sah Sandra aus ihrer Ausgabeluke nach draußen und konnte sich nicht sattsehen. So hatte sie sich das immer vorgestellt. So leicht, so beflügelt, ja, so konnte man es nennen. Bei jeder Rückkehr in den Kiosk sah Järä sie zärtlich bis leidenschaftlich an. Lange würde sie keinen Widerstand mehr leisten können, und mal ganz ehrlich, wollte sie es? Nein, *sie* war schließlich verlassen worden, da war es ihr gutes Recht, sich einen Ersatz zu suchen. Wobei Ersatz das falsche Wort war.

Die lockeren Schwingungen schienen sich direkt aufs Geschäft auszuwirken. Schon am frühen Nachmittag waren die Minikuchen aus, und Sandra musste einige tiefgefrorene aus der Kühlung holen, einem begehbaren Schrank an der Hinterseite des Kiosks, in dem eine Tiefkühltruhe und zwei Eisschränke standen.

Mit klammen Fingern zog sie die Tupperbehälter mit den gefrorenen Minikuchen aus der Truhe und balancierte die kostbare Fracht aus dem Raum, indem sie die Tür mit dem Fuß zumachte. Als sie um die Ecke zum Eingang ihres kleinen Kuchenparadieses bog, blieb ihr das Herz stehen. Järä plauderte, lachte, klatschte sich auf den Schenkel und unterhielt sich prächtig – mit Christian!

Sandra ließ die Tupperdosen fallen, diese polterten laut zu Boden, was die beiden Herren aus dem offensichtlich amüsierten Gespräch riss. Järä grinste sie überrascht und flirty an. Christian hob erstaunt die Augenbrauen, dann den Daumen und deutete fröhlich auf Järä. Sandra hätte heulen können über so viel Harmonie!

Lilli, Samstagnachmittag,
Weimar

Die Zeit schien sich bis ins Unendliche auszudehnen. Lilli hatte mittlerweile alles über Flatterulmen, den Schwarzen Maulbeerbaum, einen seltenen chinesischen Götterbaum und die knorrige Robinie gehört. Eigentlich nicht ihr Thema, aber vom Team *Bäume in Weimar* war ja niemand da. Also kam Bär junior auf die glorreiche Idee, diese Gruppenarbeit Lilli gleich mit aufs Auge zu drücken. Was daran allerdings Gruppenarbeit sein sollte, wusste sie auch nicht. Jedoch fühlten sich Severin und der Cloderich dazu berufen, wie Goethes Eckermann hinter Lilli herzulaufen und alles Gehörte zu protokollieren. Sie würde sich am Ende aller Tage bei denen auch noch bedanken müssen.

Nach einer Picknickpause auf der Wiese vor Goethes Gartenhaus unter einer Gewöhnlichen Rosskastanie, die allerdings, dank des Weimarer Feuchtklimas, die Ausmaße eines Mammutbaums hatte, stand der Besuch des Gartenhäuschens an. Dem Plan nach sollten jetzt auch Philip und Mika wieder zu ihnen stoßen. Aber was lief heute schon nach Plan?

Lilli sah sich dauernd um, als sie sich alle in das kleine Haus drängten, in dem Goethe seinem Traum vom Gärtnern nachhing, ohne dabei allerdings selbst Hand anzulegen, das durften dann doch Gärtner machen. Lustlos strich sie durch die dunklen Räume, in denen sich ihre Mitschülerinnen ständig gegenseitig vor Goethes Bett oder Goethes Stehpult fotografierten. Das würde zwar aus ihnen keine Dichterinnen machen, aber einen guten Post auf Facebook bringen. Lilli starrte alle drei Sekunden auf das Display ihres Handys. Im Anschluss an den Besuch des Gartenhauses stand Zeit zur Verfügung, sich um die jeweilige Gruppenarbeit alleine zu kümmern, das hieß, sie konnten sich bis zum Abend frei bewegen und mussten nicht wie eine trottelige Schafherde hinter Bär junior hertapern. Den Plan kannten auch Philip und Mika. Endlich eine Nachricht.

@Kömme ins Ginkgomüseum, 15 Ühr.

Süß, Mika schrieb sogar mit Akzent. Endlich eine Nachricht.

@Freu mich, Lil

@Philip kömmt auch mit.

Scheiße.

Lilli überlegte fieberhaft, was sie antworten könnte.

@toll.

Mann klang das lahm.

@alles güt?

Wieso hatte Mika ihren Unwillen gespürt?

@Nele soll sich warm anziehen, ich musste ihre und Philips Gruppenarbeit auch vorbereiten.

@Warum warm anziehen, ist doch warm. Wir haben Nele ausgezogen.

@What?

@Bein zu dick, Hosenbein zu eng.

Okay, alles klar. Es war eine medizinische Indikation, sonst hätte Mika nicht Neles Bein bandagieren können. Aber mussten das ausgerechnet die beiden Herren machen, die nun eigentlich eindeutig zu Lilli gehörten. Fand Lilli.

»Frau Kehlmann, haben Sie schon Nachricht von unseren beiden Sanitätern?« Bär junior war plötzlich aus dem Schatten getreten, den ein Goethescher Paravent geworfen hatte.

»Scheint alles gut, ich treffe die beiden im Ginkgo-Museum.«

»Das ist gut, ich würde vorschlagen, um die Sache gerecht zu machen, dass wir die Gruppenarbeit jetzt einfach etwas umbenennen. *Ginkgo und andere Bäume in Weimar.* Dann können Sie, Philip, Nele und Mika das zusammen bearbeiten. Sonst bleibt ja alles an Ihnen hängen. So soll es ja auch nicht sein!« Julius Bär junior setzte sein zufriedenes Bärengesicht auf. Er hatte mal wieder mit entwaffnender Friedlichkeit eine diplomatische Lösung herbeigeführt und niemand konnte ihm deswegen böse sein. Auch Lilli nicht, die plötzlich überhaupt keinen Bock hatte, ihr mühsam angesammeltes Wissen mit Nele zu teilen. Und schon gar nicht, das zweiblättrige Ginkgoblatt in ein Kleeblatt zu verwandeln.

»Wenn Sie möchten, können Sie sich schon auf den Weg zum Museum machen!« Bärs Augen strahlten vor Gönnerhaftigkeit. Wissen, Spaß und das Vertrauen in die Schüler, dass sie mit mindestens derselben Begeisterung bei der Sache waren wie er. Schon irgendwie süß, so ein Idealist.

Allerdings ließ sich Lilli das nicht zweimal sagen. Das muffige Gartenhäuschen hatte sie nicht so richtig in Stimmung gebracht, zumal sich in jedem der kleinen Räume mindestens zwanzig Menschen drückten, weil nach ihnen noch zwei Schulklassen hereingeströmt kamen. Keine Ahnung, was man an ollen Kochtöpfen von Goethe finden sollte. Das Einzige, was Lilli gefiel, war ein in allen Rottönen gemusterter Überwurf, der Goethes schmales Bett zierte. Meine Güte, warum waren die Betten damals so schmal, wurde darin wirklich nur geschlafen? Heimlich fasste Lilli den Überwurf an. Aus Seidengarnen gewebtes Paisleymuster, das in dem schummrigen Häuschen leuchtete.

Trotzdem, jetzt aber fix, mit Bärs Freibrief konnte sie der Dichterklause entfliehen.

Pallimm tutut, Lillis Meldeton für WhatsApp jodelte in ihrer Tasche.

*@sehe dich gleich, *freu*.*

Es war von Philip.

Ja, freu, dachte Lilli. Auf was jetzt eigentlich? Seit sie in Weimar waren, hatte sie nicht eine Sekunde mit Mika allein verbracht, und so wie es aussah, würde das wohl auch nicht mehr passieren.

Lili hatte nach einer Viertelstunde die Weimarer Altstadt erreicht, in deren Mitte sich das Ginkgo-Museum befand, das eigentlich aussah wie ein Blumenladen, nur eben ausschließlich mit Mini- und Babyginkgos. Plötzlich hielt ihr jemand von hinten die Augen zu. Jetzt nichts Falsches sagen, es konnte Philip oder Mika sein.

»Jungs?«

»Nür ein Jünge!«

Mika. Lillis Herz machte einen Sprung. Philip war, nett wie er nun mal war, bei Nele geblieben und sie war endlich, endlich allein mit Mika.

»Mika!« Lilli drehte sich herum und schaute in Mikas Gesicht keine fünf Zentimeter vor ihrem. Mitten in der Weimarer

Altstadt, in der Hunderte von Schulklassen hin und her wuselten wie große Fischschwärme.

»Komm, lass uns reingehen.« Sie zog Mika an beiden Händen Richtung Ladeneingang, wo es sogar nicht nach einem Museum aussah, sondern nach einem Ginkgo-Devotionalienladen. Ginkgonüsse zum Selbstanpflanzen, Ginkgo-Öl, Extrakt, Pillen, Lebensweisheiten, gepresste Blätter, goldene Abgüsse, Ginkgo-Pflegesets. Lilli nahm alles nicht recht wahr. Sie wollte mit Mika nur schnell in den ersten Stock, in die Räume der Ausstellung.

Weg von dem Trubel, weg von Menschen, die sie beobachten könnten.

»Lilli!«

»Was?«

»Ich wollte dir sagen …«

»Egal, schnell, komm hoch …« Lilli hatte nur ein Ziel. Sie schubste Mika vor sich her die Treppe hoch, als sie die Postkarten in der Gesäßtasche seiner Jeans entdeckte. Mumin-Motive. Ein ganzer Packen, die schon ziemlich mitgenommen vom Herumtragen in der Hose waren.

Als sie oben ankamen, griff Mika in genau die Tasche, die neben den Postkarten noch von seinem Geldbeutel ausgebeult wurde. Mit einem Rutsch fielen auch die Karten heraus und verstreuten sich auf dem Boden, allesamt mit der Rückseite nach oben. Kringelige Schrift, deutlich weiblich, und jede Postkarte mit drei Herzen gekennzeichnet. Lilli schluckte, natürlich, deshalb ging das zwischen ihnen auch nicht vorwärts. Mika hatte eine Freundin. Warum hatte sie daran nicht gedacht? Wollte sie nicht daran denken? Und gefragt hatte sie vorsichtshalber auch nicht.

»Oh, ganz schön viele! Große Liebe, was?« Sie hielt ihm betont lässig den Packen hin, den sie flink aufgehoben hatte.

Mika wurde sichtbar verlegen.

»Ja, irgendwie schön. Lilli, dü müsst wissen –«

»Alles klar, weiß schon!« Lilli drehte sich aufgekratzt um sich selbst, um die Traurigkeit zu überspielen, bis sie von einem »Da seid ihr ja endlich« aufgehalten wurde. Philip. Er war schon längst im Museum gewesen.

»Philip, mein Guter, habt ihr Miss High Heel gut versorgt?« Lilli wusste genau, wie sie mit dieser Frage über das Ziel hinausschoss, aber sie musste die Spannung einfach abbauen. Sie lehnte sich gegen Philips Brust und ließ die Finger gleichzeitig an Mikas Brust rauf- und runterwandern. War das noch sie? Lilli spürte nichts mehr außer einer Riesenenttäuschung. Was hatte sie sich vorgemacht? Jetzt war eh schon alles egal. Da konnte sie genauso gut Philip küssen. Sie drehte sich um und tat es. Sehr zur Verblüffung der beiden Herren.

Mika ließ die Schultern hängen. Philip wischte sich verlegen über den Mund.

»Lilli, es ist so, also Mika hat mir gerade gesagt –«

»Ja, ja, la, la, will es gar nicht hören. Ginkgo, wir kommen!« Lilli stürmte weiterhin überdreht durch die Gänge mit den Ausstellungsvitrinen, ohne auch nur darauf zu achten, was darin lag.

Hinter ihr zwei Jungs, die sich lange ansahen und dann beide mit den Schultern zuckten.

Sandra, Samstagabend

Keine Ahnung, was Sandra am Nachmittag geritten hatte, Christian in aller Öffentlichkeit so bloßzustellen. Aber es hatte sie unheimlich genervt, wie vertraut die beiden Männer miteinander umgingen. Sie hätte Järä gleich mit zurechtstutzen wollen, nur der konnte ja am allerwenigsten dafür, außer dass er der naiven Ansicht war, bei einem Trip nach München in einem Aufwasch die Wunderrezepte für seine krümelige Keksfabrik zu bekommen und gleichzeitig der Verfasserin den Kopf zu verdrehen.

Wie hatte Christian es ausgedrückt? »Wollte mal sehen, wie du so zurechtkommst.«

Ganz, ganz falscher Ansatz.

Und sie hatte nichts Besseres zu tun gehabt, als zu antworten: »Siehst du ja, jeder ist ersetzbar!«

Gut, das war vielleicht auch nicht die feine englische Art gewesen, aber was bildete er sich ein? Rauschte hier unangemeldet an und erwartete Wiedersehensfreude? Järä hatte dann eigentlich alles gerettet. Er hatte drei Bier aus dem Milchkiosk geholt, als wäre er seiner, und mit ihnen beiden angestoßen. Letztendlich war alles gut, wie es dann kam.

»Die Welt ist eine Keks. Süß und fettig. Man will immer mehr, immer mehr, bis man muss kötzen.«

Am Ende des Kiosktages hatten sie alle zusammen aufgeräumt und waren was essen gegangen. Und endlich hatten sie die Geschichte von Frau Pulska hören dürfen. Allerdings erst, nachdem sie von ihrer eigenen Krise gesprochen hatten und Järä immer einsilbiger wurde. Als sie sich schließlich bei ihm wegen der nicht perfekten Familie entschuldigten, in die ihr Sohn da geraten war, da schien es Sandra, als würden in Järäs Augen Tränen glitzern. Am liebsten hätte sie ihm über den Kopf gestrichen, doch die Phase war vorbei.

Ein kurzes Aufflackern der Anziehung, aber vielleicht hatte auch das sein müssen, um die Dinge wieder zurechtzurücken. Zumindest die Dinge in München, denn daheim in Hämeenlinna hing der Haussegen so schief wie der Turm von Pisa. »Frau Pulska ist weg!« So hatte es Järä ausgedrückt. »Wöllte nicht die Sache mit die Keks. Aber vielleicht auch, weil ich kürz davor hatte die Sache mit das Fräulein vom Bäcker!«

Sandra hatte sich dabei ertappt, wie sie einen Anflug von Eifersucht spürte. Christian hatte in sich hineingegrinst. »Das war in die Sommer, und wir dachten, Mika muss für eine Weile aus die Schüsslinie. Deshalb die Austäuschsache. Und die Wünsch nach Harmonie, er sollte nicht alles doppelt erleben!«

Sandra und Christian hatten sich betreten angesehen. Nur Järä hob seine Bierflasche und ließ sie gegen die von Sandra und Christian knallen.

»Man kann nicht davonläufen, die Schicksal hölt ein!« Er lachte laut nach Bärenart. Dann schüttelte er seine Haare, als müsse er das Schicksal wie Regentropfen loswerden, und Sandra kam es so vor, als würde ein Hauch von Fichtenduft herüberwehen, was ihr Mut machte zu fragen: »Und könnt ihr euch wieder versöhnen, jetzt, wo du mit einem Packen Rezepten und einer neuen Geschäftsidee nach Hause zurückkehren wirst?«

Järä zuckte mit den Schultern. »Wenn sie kömmt zurück, dann wegen Mika. Sie schreibt ihm Pöstkärten, Dützende. Und Mika, das weiß ich, hat Angst, sich zu verlieben seit die Sache. In sein Alter! Eine Kataströph!«

Sandra musste trotz des ernsten Themas lächeln. Tatsächlich wann, wenn nicht, wenn man jung war, sollte man sich verlieben. Ohne Hintergedanken, was kommen könnte und was nicht. Und sie dachte an den Stapel Postkarten, den sie bei Mikas Sachen gefunden hatte. Nicht von der Freundin, sondern von der Mutter bekam er sie. Und auf der anderen Seite kannte sie ihre Tochter. Hatte mitbekommen, welche Blicke sie Mika zuwarf, und wusste, dass die beiden stundenlang nachts auf dem Balkon saßen, wie einen Tag später sie selbst mit Mikas Vater.

Sie schielte zu ihrem Mann hinüber, der sich sichtlich wand. Die Sache mit den Postkarten hatte ihm einen Stich versetzt. Schließlich hatte er nach der Trennung Tage gebraucht, um überhaupt eine SMS zu schicken, und beim ersten Treffen mit seiner Tochter brachte er zur Verstärkung gleich eine andere Frau mit. Man kann es auch geschickter anstellen, dachte Sandra, und dann ermahnte sie sich selbst, nicht so kritisch zu sein. Niemand hier in dieser kleinen Runde war komplett unschuldig an der jeweiligen Situation. Musste eine zeitweilige Trennung immer das komplette Aus bedeuten? Konnte man nicht einfach mal seine ganzen kleinlichen Befindlichkeiten zurückstellen, bis die Kinder ihren Weg gefunden hatten? Genau das sagte sie auch. Und erntete dafür zwei Blicke: voller Dankbarkeit, ein wenig Enttäuschung, Vorfreude und Wehmut. Das Leben war wie ein Keks. Süß und verdammt zerbrechlich.

Lilli, Samstagabend, Weimar

Wie sie alle drei den Nachmittag in dem seltsamen Ginkgo-Museum überstanden hatten, war Lilli am Abend noch nicht klar. Sich selbst würde Lilli als verzweifelt bezeichnen. Sie wollte nicht mehr zu Philip zurück und spielte ein fieses Spiel mit ihm, indem sie mit ihm flirtete, um sich an Mika zu rächen, der ihr zu wenig Aufmerksamkeit schenkte und dann noch mit Nele ein Herz und eine Seele war.

Mika, der nach Lillis Spontankuss mit Philip, der eigentlich ihm gelten sollte, kein Wort mehr mit ihr sprach, auch nicht am Abend, als sie alle zusammen mit Julius Bär junior noch in ein Café gegangen waren und Philip freundlicherweise bei Nele auf dem Zimmer geblieben war. Vermutlich, weil er das mit dem Kuss auch nicht so recht auf die Reihe bekommen hatte.

Im Café hatte sich Mika so weit wie möglich von ihr weggesetzt und seine dunklen Augen waren noch einen Tick schattiger geworden. Nur Julius Bärs unerschütterlichen guten Laune war es zu verdanken, dass Lilli nicht in Tränen ausgebrochen war. Was hatte sie sich dabei gedacht? Jetzt hatte sie beide verschreckt, denn keiner fühlte sich ernst genommen. Aber warum hatte Mika ihr auch die Freundin verschwiegen? Eigentlich müsste er doch jetzt glücklich sein, alles war geklärt und er konnte in Ruhe weiterhin Postkarten mit Herzchen hin- und herschicken!

Der Heimweg vom Café zur Jugendherberge führte durch dunkle, unbeleuchtete Gassen. Der Rest der Klasse zeigte jene Albernheit, die sich unweigerlich bei Klassenausflügen einstellte, und Bär hatte alle Hände voll zu tun, die Truppe einigermaßen ruhig zu halten. Von den alten Häusern hallte jedes Wort wider. Weimar war nachts keine Boomtown. Nach zehn wurden die Bürgersteige hochgeklappt und das Licht ausgemacht.

Lilli ließ sich absichtlich ein wenig zurückfallen, vielleicht würde es Mika merken und sie konnten reden? Aber nichts, er hatte sich inzwischen an Sophie gehängt, die nichts Besseres zu tun hatte, als sich bei ihm unterzuhaken. Mann, Sophie, nicht mal auf die beste Freundin konnte man sich verlassen. Beim großen Küsschengeben vor der Jugendherberge hielt sich Lilli zurück. Sie hatte mit der Küsserei heute schon genug Schaden angerichtet. Unbemerkt gelangte sie in ihr Zimmer, in dem eine verheulte Nele auf dem Bett thronte. Von Philip keine Spur.

Zuerst dachte Lilli, dass Nele vermutlich Schmerzen haben würde und deshalb leicht aufgelöst war, aber Nele schniefte sofort los: »Er hat Schluss gemacht. Jetzt, hier, wo es mir *so* schlecht geht!«

Lilli schluckte, sie hatte noch viel mehr angerichtet, als sie dachte. Philip nahm wohl tatsächlich an, sie beide würden wieder zusammenkommen. Sie ließ sich auf das Bett von Nele fallen und schaffte es, die ungeliebte Klassenkameradin in den

Arm zu nehmen, die daraufhin allerdings steif wie ein Brett wurde.

»Alles deinetwegen!«, schluchzte sie stoßweise. »Und dabei hättest du doch echt andere Chancen!«

Lilli schluckte, was wollte Nele ihr sagen? Nele wedelte aufgeregt mit den Händen vor ihrem Gesicht, als wollte sie mit dem Luftstrom ihre Tränen trocknen.

»Hast du eigentlich irgendeine Peilung, was um dich rum vor sich geht, Lilli? Mal so die Vibrations wirken lassen? Ich sage nur *M I K A*! Hallo?« Nele hatte sich zurück in die Kissen fallen lassen und verzog das Gesicht. Lilli war nicht klar, ob der Schmerz vom verstauchten Fuß oder von der Erwähnung des Namens Mika kam.

»Was meinst du?«

»Ich hatte heute viel Gelegenheit, mit Mika zu sprechen, du erinnerst dich?« Sie deutete auf ihren Fuß.

Nur zu gut, dachte Lilli.

»Und da hat er mir die Postkarten gezeigt. Sie waren ihm aus der Hosentasche gefallen, als er mich ins Zimmer getragen hat. Zwei Stockwerke hinauf, der ist echt richtig stark.«

Erneuter Stich in Lillis Brust. Doppelstich, die Postkarten und das Tragen.

»Ach ja? Die Postkarten durfte ich auch schon bewundern!« Lillis Antwort fiel schnippisch aus.

»Dann weißt du ja, von wem die Karten sind!« Nele hatte die Augenbrauen sehr weit hochgezogen, was ihr einmal mehr ein extra arrogantes Aussehen verlieh.

»Natürlich, die sind von seiner Freundin, und deshalb macht es auch wenig Sinn, wenn sich eine von uns an ihn ranschmeißt, nicht wahr, Nele?!«

»Lilli, du spinnst, du bist ja komplett planlos. Die Karten sind von seiner *Mutter!*«

Lilli spürte den Stich in der Brust. Von seiner Mutter hatten sie beide noch nie gesprochen. Wieso wusste Nele mehr als sie?

»Was meinst du?« Lillis Stimme war unsicher.

»Der hat keinen Bock auf komplizierte Beziehungskisten!«

Na super, da waren sie ja schon zwei.

»Der hat Angst, dass du mit ihm spielst, und ehrlicherweise, wie man sieht, hatte er recht!« Nele thronte nun im Bett. Von Tränen keine Spur mehr, eher Kampfhaltung.

»Ich will überhaupt nicht spielen, aber er hat keine eindeutigen Zeichen gesendet!«

»Wie eindeutig muss es bei dir sein, Lilli, damit du es schnallst? Du bist eine Vollidiotin!«

Genauso fühlte sich Lilli auch.

Lilli, Sonntagmorgen,
Weimar

Lilli wachte erst auf, als die Geräusche auf dem Gang eindeutig darauf hinwiesen, dass sich eine Meute Jugendlicher für die Abreise fertig machte. Nach den Neuigkeiten gestern Nacht war sie in einen komatösen Schlaf gesunken. Eine jener traumlosen Nächte, in denen sich die Seele, oder wie auch immer man das nennen mochte, was zwischen Hirn und Herz sitzt, Luft verschaffte: nichts sehen, nichts hören, nichts sprechen, nichts denken. Langsam kehrte die Erinnerung zurück. An den gestrigen Tag, an alle Peinlichkeiten, in die sich Lilli mit Anlauf begeben hatte, und an das Gespräch mit Nele, die so geradeheraus zu ihr war wie nie zuvor.

Sie schnellte hoch, das Bett ihr gegenüber war leer, das hieß, dass Nele samt Humpelfuß offensichtlich wieder unter den Gehenden war. Ein Blick aufs Smartphone sagte Lilli, dass sie in fünf Minuten am Bus stehen müsste. Der Blick aufs Handy sagte ihr allerdings auch: vier neue Nachrichten.

Philip: *Komm bitte noch einmal runter in den Hof.* Das war um null Uhr fünf gewesen und Lilli hatte es schlichtweg nicht mehr gesehen.

Sophie: *Wo bist du, Kussi.* Null Uhr sieben.

Mama: *Paps ist wieder da!* Null Uhr zehn.

Mika: *Dü müsst aufstehen, das Büs wartet.* Acht Uhr fünf.

Warum hatte Nele sie nicht geweckt? Wahrscheinlich wollte sie die Chance nutzen, um mit Philip noch einmal in Ruhe reden zu können. Oder um jetzt endgültig an Lilli vorbeizuziehen und sich an den armen Mika ranzumachen. Lilli schoss hoch und stürzte nach einer Katzenwäsche in ihre Jeans und ein ziemlich zerknautschtes T-Shirt. In weniger als einer Minute waren alle ihre Habseligkeiten in ihrem Rucksack verschwunden. Hatte sie ihr Handy schon in der Tasche verstaut, mit dem anderen unverzichtbaren Krempel, den Mädchen so mit sich herumschleppten? Geldbeutel, iPod, Schlüssel, Tampons, Haargummi, Wasserflasche, Bürste, jede Menge Zettel, ein abgebrochener Stift, ein angebissener Schokoriegel und Lipgloss? Apropos Lipgloss, wie sah sie überhaupt aus? Konnte sie so unter Menschen?

Ein kurzer Blick in den Spiegel sagte ihr: So sehen keine Siegerinnen aus. Ganz abgesehen davon, dass sich Siegerinnen auch nicht so fühlten. Langsam dämmerte ihr das ganze Ausmaß der gestrigen Szenen, die man bei aller Untertreibung auch Katastrophen nennen konnte. Lilli zerrte den Rucksack hinter sich her, die steile Treppe hinunter, die sich in dem schmalen Fachwerkhäuschen drei Stockwerke bis ins Dach schraubte und sicher wahnsinnig romantisch wirkte, nur nicht, wenn man gerade drauf und dran war, mit fremden und dem eigenen Herzen Roulette zu spielen.

»Lilli, wo bleibst du denn? Wir schlagen Wurzeln, und dem Bus geht der Diesel aus, wenn er noch eine halbe Stunde vor sich hin orgeln muss, nur weil du noch Schönheitsmasken auflegst!« Das war eindeutig die Stimme vom hyperaktiven Severin. Konnte der *einmal* seine Klappe halten?

Sie hatte gerade den letzten Treppenabsatz genommen, als Julius Bär junior mit den Resten einer Butterbreze in der Hand auf sie zukam. »Lilli, Frühstück war vor einer halben Stunde und wir sollten längst im Bus sitzen!«

Hinter Bär sah Lilli die ganze Klasse feixend herumstehen. Immer schön schadenfreuen, wenn andere sich zum Affen machen, dachte Lilli und sah sehnsüchtig zu der Butterbreze. Nichts im Magen, den Morgen zu schnell angegangen, den gestrigen Abend nicht verdaut: Lilli fühlte sich wie am ersten Tag, als sie Mika, der für sie damals noch ein Mädchen gewesen war, vom Flughafen abholen sollte.

Nur damals hatte sich ihr Zustand schlagartig gebessert, als sich der Irrtum mit Milka und Mika aufklärte und sie den Sibelius hörenden, hübschesten Eishockeyspieler zwischen Helsinki und dem Polarkreis mit nach Hause brachte. Damals war ihr das mehr als recht gewesen, um Philip wieder zurückzugewinnen.

Jetzt sah sie diesen Mika Pulska mit ganz anderen Augen. Und sie sah seine Augen. Augen, die verunsichert zwischen ihr und Philip hin- und herhuschten. Augen, die noch vor zwei Tagen nicht ausgewichen waren, als sie sich am Balkon nachts gegenübersaßen. Als sie schon längst gespürt hatte, dass da mehr war als nur Sympathie.

Die Luft vor der Jugendherberge war erfüllt von dem öligen Geruch dieselbetriebener Autos. Alle Schadstofffilter und Abgasnormen konnten nicht verhindern, dass es am Hinterteil von Reisebussen immer wie an einer Tankstelle roch. Ein Luftgemisch, das sich auf leere Mägen und gebrochene Herzen ungefähr so auswirkte wie eine Wackelbude auf dem Oktoberfest auf Angeschickerte. Vor Lillis Augen schien die Luft zu flimmern. In Lillis Ohren schnarrte etwas, und nur mühsam nahm sie wahr, dass es Bär juniors Stimme war, die sich dank Butterbreze in etwa so anhörte:

»Lüllü, ech brauche nch die Ergebniffe Ihrer Gruppenarpfeit geftern? Ihre beiden Mitfreiter fagten, Fie hätten die Aufzeifnungen?«

Gruppenarbeit? Sie sah Max Clott, den Klassenprimus, mit einer in akkurater Schrift beschriebenen Mappe herumwedeln, so als müsse er sie daran erinnern, wie das aussah, was sich Gruppenarbeit nannte. Vage konnte sich Lilli auch daran erinnern, dass sie gestern in ihrer Überdrehtheit im Museum wirr kleine Zettel mit Stichworten ausgefüllt hatte. Teils Ernstgemeintes, größtenteils allerdings Blödsinn wie *Wer den Ginkgo hat, braucht kein Herz mehr.* Oder: *Alles hat ein Ende, nur der Ginkgo hat zwei.*

Sie wollte das natürlich gestern Abend noch sauber, also ohne dumme Kommentare, aufschreiben, aber nach den sich überschlagenden Ereignissen hatte sie es komplett vergessen.

»Lilli, du hast die Zettel doch noch?!« Das war Philips Stimme. Oh Mann, warum konnte seine Stimme auch bei einer so profanen Frage noch wie geprügelt klingen?

»Wäre echt toll, wenn du wenigstens hier nicht für Chaos sorgen würdest!« Nele war wieder in ihrem Element und dachte wohl, sie würde sich bei Philip beliebt machen, wenn sie jetzt zu ihm hielt. Von der verheulten Nele war nichts mehr zu sehen. Sie hatte sich zwar etwas abseits von der Gruppe postiert und hielt ihren verstauchten Fuß demonstrativ angewinkelt, trug aber schon wieder ein siegessicheres Lächeln. Philip stand keine fünfzig Zentimeter von ihr entfernt.

Fünfundzwanzig Augenpaare waren auf Lilli gerichtet, die

hektisch in ihrem Beutel herumkramte. Aus den Zetteln wurden dabei kleine Papierknödel, die sich in die Bürste drückten oder mit den Resten des Schokoriegels eine Art braunes Pappmaschee bildeten. Der Bus dieselte immer noch ungeduldig vor sich hin. Bär junior hatte Brezenkrümel am Mund, und über Lillis Verstand senkte sich gnädig eine dunkle Wolke, während sie den Beutel fallen ließ, dessen Inhalt sich über das Kopfsteinpflaster von Weimar ergoss, bevor Lilli sich dazulegte. Schalter aus. *Peng.*

Sandra, Sonntagmorgen

Sandra spitzte vorsichtig in ihr ehemaliges Schlafzimmer, das sich in der letzten Woche zu einer Art Gästedurchgangszimmer entwickelt hatte. Rücken an Rücken lagen Järä und Christian im Ehebett.

Hätte man das Sandra vor einer Woche erzählt, wäre sie hysterisch lachend zusammengebrochen. Doch heute hatte es etwas derart Friedliches wie kaum etwas die letzten Monate. Gestern waren sie alle drei noch ewig in der Küche beisammengesessen. Hatten aus der vagen Geschäftsidee des Milchkiosks in Finnland einen Masterplan gemacht. Sandra würde die Rezepte beisteuern für Minikuchen. Järä würde aus der Fabrik eine Manufaktur machen, mit frischen Kuchen und haltbaren Keksen. Und Christian wollte ihm dabei helfen. Auch mit dem ersten Kiosk in Hämeenlinna. So käme Christian endlich wieder zu seinen Reisen, könnte sein rudimentäres Finnisch auffrischen und ganz nebenbei gäbe es in Sandras Milchkiosk eine Kollektion original finnischer Kekse. Wer konnte das schon von sich sagen? *Kioski Keksi* würde die Linie heißen.

Sandra sang den Namen vor sich hin, als sie die sonntägliche Menage an Kuchen in den Ofen schob. Christian war gestern Abend aufgeblüht, nachdem er die erste Eifersucht beiseitegeschoben hatte. Und schließlich war es aus ihm herausgebrochen. Dass er sich unterfordert gefühlt hatte, dass ihm das Neue fehlte und er keine Perspektive mehr gesehen hatte. Järä hörte bei all dem aufmerksam zu. Schließlich war er kurz im Schlafzimmer verschwunden, dann hatten ihn Christian und Sandra telefonieren hören. Der finnische Singsang drang durch die Wände, mal laut, mal leise. Auch ohne die Worte zu verstehen, wussten sie, dass es sich am anderen Ende wohl um Frau Pulska handelte. Als Järä wiederkam, hatte Christian den Arm um Sandra gelegt und goss mit der anderen Hand Prosecco in drei Gläser. Durch das geöffnete Fenster drang frische Herbstluft und das Mitternachtsläuten der nahen Kirche. »Alles Gute zum Geburtstag, Sandra!« Christian umarmte seine Frau und Järä machte gleich mit. Er hatte ein seliges Lächeln auf den Lippen und meinte: »Fräu Pülska freut sich!«

Ja, bis vor einer Woche hatte es so ausgesehen, als würde Sandra den traurigsten Geburtstag aller Zeiten feiern, und nun hatte sie zwei Ehrengäste und zwei Helfer und eine Idee, die zukunftsträchtig war. Mehr Geschenke konnte man sich nicht wünschen. Lilli würde heute Abend Augen machen!

Lilli, sonntags,
zwischen Weimar und München

Das Erste, was Lilli wahrnahm, war ein schwacher Duft nach Fichtennadeln, Kaffee und Mandeln. Das Zweite war eine fremde Schulter und das Dritte die pochende Beule an ihrer Stirn. Als sie die Augen aufschlug, sah sie links das Gesicht von Sophie, das auf dem Kopf stand, und rechts Mikas Gesicht, keine zwei Zentimeter von ihrem entfernt. Anders ausgedrückt: Sophie, die am Platz dahinter saß, hing wieder einmal in ihrer unnachahmlich diskreten Art weit über der Rückenlehne und Lilli klemmte wegen Platzmangels direkt an Mikas Schulter. Sie fasste sich an den Kopf.

»Was hab ich da? Das tut weh.« Sie richtete sich mühsam auf, sank aber gleich wieder zurück, weil der Bus scharf in eine Rechtskurve gefahren war.

»Trink ein Kaffee und iss Keksi!« Mika reichte ihr eine Schachtel mit Mandelkeksen, die offensichtlich schon die Runde durch den Bus gemacht hatte und nur noch einen Keks enthielt. In der anderen Hand hielt er einen Becher Coffee to go, auf dem ein Einfallspinsel *Kaffee Togo* hatte drucken lassen. Beim ersten Schluck verbrannte sich Lilli die Zunge.

»Dümmerchen!« Mika schüttelte leise lächelnd den Kopf und damit auch seine weichen Haare, aus denen der Fichtennadelduft wehte. Lilli erinnerte sich an das dunkelgrüne Glasfläschchen, das Mika bei ihnen im Bad deponiert hatte, auf dem ein Waldschrat abgebildet war, der sich sein langes Haar und seinen Bart kämmte: Fichtennadelshampoo auf Finnisch.

»Du siehst immer noch ein wenig … äh …mitgenommen … aus!« Sophie konnte einen so richtig aufmuntern.

»Ja sorry, es musste schnell gehen heute früh!«

»Geht's dir jetzt wieder besser, Aschenputtel?« Sophies besorgte Stimme klingelte Lilli in den Ohren, scheinbar glaubte die Freundin, sie müsse laut reden, wenn sie kopfüber hing.

Lilli hielt sich die Stirn. »Musst du so brüllen?« Gleichzeitig genoss sie es, sich an Mika zu lehnen, der allerdings keine Anstalten machte, den Arm um sie zu legen oder der Situation irgendwie mehr Bedeutung zu verleihen.

»Lilli, könnten Sie Ihre Eltern anrufen, dass die Sie vom Bus abholen, wenn wir ankommen?« Bär junior hatte sich durch die Sitzreihen geschoben und stand nun vor ihnen.

Mühsam sah Lilli auf. Bär junior tippte sich an die Stirn. »Alles wieder gut? Sie haben uns einen ganz schönen Schreck eingejagt. Bin ich so ein furchterregender Lehrer, dass man es mir nicht sagen kann, wenn man die Gruppenarbeit nicht gemacht hat? Sie müssen sich doch deswegen nicht gleich selbst verletzen!«

Bär junior hatte seine Stirn in Falten gezogen und sah bekümmert aus. Vermutlich, weil er seinen Ruf als verständnisvollster Lehrer zwischen dem Ural und der Atlantikküste gefährdet sah.

Langsam dämmerte es Lilli wieder. Die Gruppenarbeit, der Ginkgo, ein falscher Kuss, Kopfsteinpflaster, Dieselgeruch, Düsternis.

Lilli grub nach ihrem Handy, denn Bär junior stand immer noch bekümmert, aber erwartungsfroh vor ihr und machte mit dem kleinen Finger und Daumen eine Telefongeste am Ohr.

Auf dem Display eine Nachricht: *Kommt nach eurer Ankunft gleich zum Kiosk. Überraschung! Kuss, Mama*

Lilli nahm aus dem Augenwinkel wahr, dass Mika sie auch gelesen hatte.

»Der Gebürtstag!«

Lilli schlug sich mit der flachen Hand an die Stirn und zuckte zusammen, als sie die Beule berührte. »Mann, bin ich doof, ich muss Mum gratulieren!« Sie tippte die Nummer ein, doch außer der Mailbox ging niemand ran. Lilli stammelte einen Glückwunsch und dass sie natürlich kommen würden. Auch wenn sie im Augenblick nicht das Gefühl hatte, auch nur zwei Schritte voreinandersetzen zu können. Zu Bär junior meinte sie entschuldigend »Mailbox« und dass es schon gehen würde, sie hätte ja Mika. Dabei sah sie ihn schutzbedürftig an. Ein Blick, den sie eigentlich an Sophie und auch an Nele hasste. Jetzt machte sie genau dasselbe.

»Ich denke, Sie und Nele werden sich ein Taxi teilen. Das wird das Beste sein. Und wenn die Herren die Zeit hätten, die Damen jeweils nach Hause zu begleiten, wäre es sicher nicht schlecht.« Bär junior zeigte klare Anzeichen von Selbstzufriedenheit. Lösung gefunden.

Lilli riss die Augen auf. Wie, mit Nele auch noch Taxi fahren und mit Philip und Mika? Sicher nicht.

»Es geht mir wirklich gut, Herr Bär. Außerdem müssen wir gleich zu meiner Mutt…, also zu meinen Eltern zum Kiosk. Meine Mutter hat, ähm, wie Sie gehört haben, heute Geburtstag. Nele sollte natürlich ein Taxi nehmen, sie hat ja den schlimmen Fuß.«

Mittlerweile hatten natürlich auch Nele und Philip geschnallt, welche Pläne im Raum standen. Nele grinste siegessicher und Philip schien sich zu winden. Die beiden nahmen offensichtlich ihr Beziehungsende jeweils völlig anders wahr. Für Nele war es die Herausforderung, Philip wiederzugewinnen. Philip hatte wohl keinen Plan, wie er sich gegen Nele zur Wehr setzen sollte, und war außerdem verwirrt, dass Lillis erneute Zuneigung anscheinend nur vorübergehend gewesen war. Nur Mika schien froh zu sein, nicht mit Lilli allein sein zu müssen.

Am liebsten wäre Lilli wieder in Ohnmacht gefallen, denn ihre ganz persönliche Variante der Wahlverwandtschaften schien sich unlösbar zu verheddern. Bei Goethe war das ja auch nicht gut ausgegangen. Lilli schloss die Augen und überließ sich den Fichtennadelshampoo-Schwaden, die aus Mikas Haaren emporstiegen und sie zumindest beruhigten. Bis München waren es noch zwei Stunden. Zwei Stunden vor dem Showdown, denn so viel wusste Lilli, heute würden klärende Worte fallen, Geburtstag hin oder her. Ihr Mutter wusste gar nicht, wie recht sie hatte mit ihrer Ankündigung: Überraschung.

Sandra, Sonntagabend

Wenn sie es nicht mit eigenen Augen gesehen hätte, wäre Sandra zu der Einsicht gekommen, dass sie jetzt schon halluzinierte. Järä und ihr Mann Christian hielten sich gegenseitig die kleine Stehleiter, um bunte Lampionketten zwischen den Bäumen vor dem Kiosk anzubringen. Sie verstanden sich ohne viel Worte, als ob sie seit Jahrzehnten nichts anderes tun würden. Fast konnte Sandra auf dieses neue Traumpaar eifersüchtig werden, aber für eines war die dicke Krise der letzten Woche gut: Sandras Wut und Ungeduld waren wie weggeblasen. Die Kurzzeittrennung, der doppelte finnische Besuch, die neuen Geschäftsideen hatten für alle Beteiligten gewirkt wie ein Aufputschmittel. Neue Perspektiven, wo man hinsah. Lilli würde Augen machen.

Dabei dachte Sandra an die unmissverständlich verliebten Augen ihrer Tochter und hoffte inständig, dass es in Weimar zu keinen Komplikationen gekommen war. Dieser Mika schien ein ziemlich großes Herz zu haben und sich in Lillis Klasse allseitiger Beliebtheit zu erfreuen. Wie der Vater, so der Sohn.

Christian hatte die letzten Lampions befestigt, vorsichtig verlegte er noch das Stromkabel, das alles verband, quer durch den Vorgarten des Kiosks bis hin zur Steckdose, wobei er immer wieder Slalom durch einige späte Besucher laufen musste, die neugierig das Treiben beobachteten. Wo Feste gefeiert werden, ließ man sich in München immer gern nieder. Christian kam zu Sandra und legte den Arm um sie. »Eigentlich ein Unding, dass du an deinem Geburtstag arbeiten musst!«

»Passt schon, du weißt doch, was heute das schönste Geschenk ist!« Sandra stupste ihren Mann an, der ein wenig verlegen in den dämmrigen Himmel sah und grinste.

»Dass du heute gleich zwei Helfer hast?«

»Fast!«

»Die Lampions, du magst die Lampions. Ich hab sie in so einem chinesischen Tante-Emma-Laden günstig bekommen!« Christian machte mit den Fingern die typische Money-Money-Bewegung und Sandra stieß ihn in die Seite.

»Du bist ein alter Knauser und dabei so eine Umweltsau. Weißt du, was die Lampions für einen ökologischen Fußabdruck hinterlassen?«

»Ach, ich hab sie schon so vermisst, deine streitlustigen Fragen«, nuschelte Christian, weil Sandra versuchte, ihm den Mund zuzuhalten.

»Ich streite gar nicht, aber du musst doch zugeben …« Sandra konnte den Satz nicht zu Ende sprechen, weil Christian ihre Hand von seinem Mund gepflückt hatte und sie stattdessen küsste.

Fast wäre Järä in die beiden hineingelaufen, denn er balancierte einen ganzen Turm schmutziges Geschirr und hatte sich als Zugabe noch schmutzige Tischtücher unter das Kinn geklemmt.

»Sö sieht Liebe aus!«, rief er Sandra und Christian zu. Und dann verschwand er im Kiosk. Keine Minute später tönte aus den Außenlautsprechern finnischer Tango und die Lampions flammten auf. Sandra unterbrach das Küssen.

»Ist das schön!« Meine Güte, sie klang so behämmert wie in einer Vorabendsoap, aber ganz offensichtlich war man genau gegen solche Situationen nicht immun. Christian hatte den Arm um sie gelegt und begann sie im Vierachteltakt über die kleine Freifläche vor dem Kiosk zu schieben.

Lilli, Sonntagabend

Natürlich war auf der Busfahrt nichts mehr passiert. Also nichts weiter, als dass Lillis Kopf noch zweihundert Kilometer lang an Mikas Schulter lag und sie langsam in eine Art Fichtennadel-Trance gefallen war, aus der heraus sie in aller Ruhe beobachten konnte, wie Nele auf Philip einquatschte. So einfach machte man mit Nele wohl nicht Schluss, und Lilli musste an ihr eigenes Ende mit Philip denken. Sie hatte nicht weiter um ihn gekämpft, jedenfalls nicht unmittelbar danach. Bis zu dem Augenblick, als Mika kam. Was hatte sie sich eigentlich dabei gedacht? Wo hatte sie ihre Augen gehabt? War ihr denn nicht gleich aufgefallen, was für ein Sahneschnittchen Mika war? Ein Geschenk des Himmels, und das auch noch sozusagen *frei Haus*!

Kurze Zeit später musste sie raus aus dem Bus, weg von der Schulter, und sie hatte die Chance verpasst, Mika nach den Postkarten und seiner Mutter zu fragen. Sie hatte auch versäumt, noch etwas zu dem verflixten Kuss zwischen Philip und ihr zu sagen. Aber vielleicht hatte er jetzt wenigstens gemerkt, wie sehr ihr an ihm lag. Im Augenblick bemühte er sich jedenfalls, seine und ihre Reisetasche aus dem Kofferraum des Busses zu ergattern. Philip tat dasselbe mit seinem und Neles Gepäck. Nele wurde gerade von Julius Bär junior untergehakt. Mit der anderen Hand telefonierte er nach einem Taxi. Siedend heiß fiel es Lilli wieder ein, dass sie ja zusammen mit Nele nach Hause gefahren werden sollte. Bärs großartiger Einfall. Wenn sie eines jetzt nicht brauchte, waren es eine Nele auf schnurrendem Schmusekurs plus Philip und Mika in einem Auto.

Obwohl ihr immer noch ein wenig schummrig war, arbeitete sie sich zu Mika vor, der gerade seinen Seesack und ihren Rucksack raushievte.

»Mika, wir müssen hier weg!«

»Ist Gefahr?«

»Nein, aber ich will *schnell* zum Milchkiosk und nicht *langsam* mit Nele Taxi fahren.«

Ein Satz, der für Mika eindeutig zu schwierig war.

»Bei euch fähren Taxi längsam?« Ungläubig sah er Lilli an. Ein Blick, der Lilli weiche Knie machte. Als ob sie heute nicht schon ausreichend weiche Knie gehabt hätte.

»Nein, ja, also nein, aber wir sollten von hier verschwinden, bevor Bär uns alle in ein Taxi stopft. Sie zog ihn am Ärmel auf die andere Seite des Busses. »Du musst jetzt einfach ganz schnell mit mir kommen, ja?«

»Ja, aber söllen wir nicht Tschus sagen zu dem Ginkgö-Lehrer und all die anderen?« Mika wollte es allen recht machen. Lilli wurde ungeduldig.

»Wir schicken nachher eine SMS an den Bär und morgen siehst du die ja alle noch einmal wieder!«

Mika zögerte. Und Lilli war sich nicht mehr so sicher, ob es wirklich eine so gute Idee war, sich einfach auf Französisch zu verabschieden. Auf der anderen Seite musste sie unbedingt mit Mika allein sein. Weder im Taxi noch im Milchkiosk wäre das möglich, den letzten Anstoß gab ihr Sophies hell tönende Stimme, die nach ihnen rief.

»Schnell, Mika, da drüben in die Tram, spring rein, bevor die hier noch einen Krankentransport organisieren.« Sie zog ihn mit sich und gemeinsam erreichten sie im Laufschritt die Straßenbahn. Zwei Stationen, in denen sie sich anschwiegen, weil Mika den schnellen Aufbruch noch verdauen musste und Lilli darüber nachdachte, wie sie all ihre Fragen am besten jetzt noch stellen konnte. Kurz vor der Haltestelle, an der sie rausmussten, war es so weit.

»Mika, ich wollte Philipp gar nicht küssen, aber auf der Treppe … deine Hosentasche … die Postkarten … die Herzchen …?« Weiter kam sie nicht, denn Mika sah sie erstaunt an.

»Höse? Pöstkarten?«

»Na, aus deiner Hosentasche, ich dachte, die sind von deiner Freundin, aber Nele sagte mir, sie sind von deiner Mutter. Und das heißt ja, du hast gar keine … also und ich dachte, wegen der Herzchen …!«

Mika war aufgesprungen. Lilli geriet aus dem Konzept. Hätte sie nur den Mund gehalten.

»Meine Ältern machen das, was deine Ältern machen!« Er sah Lilli bekümmert an. »Und ich will das nicht. Mit der Liebe spielt man nicht!«

Lilli hätte ihn umarmen und küssen können. Ja, ja, ja genau, mit der Liebe spielt man nicht. Deshalb saßen sie doch hier, verschwitzt und übermüdet in einer rumpelnden bayerischen Tram statt gemütlich im Taxi.

»Und jetzt hast du Angst, dass ich spiele?« Lilli hatte sich wieder halbwegs im Griff.

»Nein, oder ein büsschen, aber was sollen wir machen? Du

hier und ich ab übermorgen in Hämeenlinna. Wir werden uns nie mehr wiedersehen. Ich hasse Trennungen!« Großer Dackelblick, Finalblick: finnische Tragödie.

Ja und nochmals ja, Lilli hasste Trennungen auch, und das mit ihren Eltern war ihr schon auf den Magen geschlagen, aber dass Mikas Familie ganz offensichtlich auch keine perfekte Familie war, beruhigte sie fast ein wenig. Beinahe hätten sie verpasst auszusteigen. Die Luft zwischen ihnen war zum Zerschneiden. Es ging nicht vor und nicht zurück. Lilli traute sich nicht zu erwidern, dass sie ja auch noch einmal zum Gegenbesuch kommen würde. Aber was war das schon. Eigentlich wusste sie nur eines: Diesen Fichtennadelduft wollte sie immer um sich haben. Aber wer bitte würde so etwas sagen, einfach so, an einer Trambahnhaltestelle?

Es war dunkel geworden, gleichzeitig strahlte die Spätsommerwärme noch von den Häuserwänden ab. Vom Park, der gegenüber der Tramhaltestelle lag, wehte es jene Kühle, die Dunkelheit, Bäume, Luft und Feuchtigkeit produzieren. Zwischen dem noch dichten Laub leuchteten immer wieder rosa, blaue, gelbe und grüne Lichter hervor, hüpften im Schatten auf und ab. Lilli hatte für einen Augenblick vergessen, über ihre gemeinsame Zukunft nachzudenken, weil ihr der Moment fast ein wenig märchenhaft erschien. Auch Mika hatte in der Zwischenzeit die Lichter bemerkt. Sie gingen langsam darauf zu. Ein mittlerweile vertrauter Rhythmus, Vierachteltakt, ächzendes Akkordeon, tönte durch die Dunkelheit.

»Tangö!« Bei Lilli löste sich die Anspannung, die in den letzten Minuten zugenommen hatte. Als sie schon fast den Milchkiosk erreicht hatten, sahen sie ein seltsames Schauspiel. Lillis

Mutter und ihr Vater tanzten auf dem Vorplatz des Kiosks so etwas wie einen Tango. Mikas Vater wippte am Rand im Rhythmus und einige Gäste groovten ebenfalls schunkelmäßig ab.

»Mein *isä*!«, flüsterte Mika verwundert.

Lilli sah ihn ungläubig an. »Mein Vater!«

»Ja, heißt mein Vater, güt Lilli, dü kannst bald Finnisch!«

»Quatsch, da ist *mein* Vater!«

»Nein, *mein* Vater!«

»Was macht dein Vater hier?«, fragte Lilli.

»Und was macht dein *isä* hier?«, antwortete Mika verwundert.

So kamen sie nicht weiter. Sie stolperten auf die improvisierte Tanzfläche zu.

»Lilli, Mika, schön, dass ihr da seid!« Sandra umarmte beide, dann stellte sie Christian Mika vor, während Lilli verlegen ihren Vater begrüßte. Sie hatte ihr letztes Treffen noch allzu deutlich vor Augen. Paps und die andere Frau. Inzwischen hatte sich Järä herangepirscht und umarmte seinen Sohn mit einer Armbewegung, als wolle er einen Mammutbaum fällen. Dann klopfte er ihm auf die Schultern, dass die Knochen knackten.

»Tölle Familie hast du gefünden, mein Sohn. Dü bist eine Glückspilz!« Järä bearbeitete immer noch liebevoll brutal Mikas Schultern, aber das schien unter Eishockeyspielern niemanden zu stören.

Lilli hörte, wie Mika seinem Vater etwas auf Finnisch ins Ohr zischte. Der aber ließ ein dröhnendes Lachen ertönen.

»Frau Pülska, deine Mama, ist wieder mit an Bord. Und weißt dü, warüm? Weil wir werden mit die Kehlmanns eine Geschäft machen. Deutschland–Finnland, dü bist nicht das letzte Mal hier gewesen, mein Söhn, und ich höffe, dass Lilli nicht erst zu die Gegenbesuch zu uns kommt. Jetzt, wo ihr Vater und ich die Keksi machen werden.«

Lilli dachte, sie hätte sich verhört. *Wer machte mit wem was?*

Mika schien es ähnlich zu gehen.

Und schließlich redeten alle wild durcheinander. Auf Deutsch und auf Finnisch. Aber letztlich war es egal. Ganz langsam sickerten bei Lilli und Mika die Neuigkeiten richtig in die Köpfe. Die Musik hatte inzwischen zu einem extrem langsamen, sehr, sehr traurigen Tango gewechselt, der so gar nicht zu der Ausgelassenheit passen wollte. Auch waren immer mehr Menschen am Kiosk stehen geblieben, späte Jogger und Hundemenschen beim Abendgassigang, Paare, die eigentlich allein sein wollten, alte Damen mit Gehwägelchen und einige Familien mit ihren monströsen Fahrradanhängern, in denen ganze Familienclans gemütlich wohnen konnten.

Alle angelockt durch die Lampions und die Musik. Viele kannten Sandra und gratulierten ihr. Irgendjemand hatte Saft und Prosecco aus dem Kiosk geholt. Lilli sah Reste von Blaubeerküchlein in den Mündern verschwinden, die Mikas Vater herumreichte, als würde der Kiosk ihm gehören. Auch seinem Sohn steckte er ein Stück Gebäck in den Mund, eine Sorte, die Lilli noch nie gesehen hatte. Ein kräftiger Windstoß ließ die Baumkronen erzittern und versetzte die Blätter in tiefes Rauschen, das die Moll-Takte der Musik unterstrich.

Lilli erinnerte sich an den gestrigen Tag im Ginkgo-Museum, wo sie den Mut aufgebracht hatte, Philip einen Kuss zu geben, nur um Anspannung abzubauen. Vielleicht klappte das heute auch wieder. Also nicht wegen Anspannung, sondern wegen Entspannung, und auch nicht mit Philip, sondern mit Mika. Mika, der nun nicht mehr das Argument bringen konnte, dass sie sich nie wiedersehen würden. Mika, der auch nicht mehr traurig wegen der Trennung der Eltern sein musste, weil anscheinend auch in Finnland Eltern eine Pause voneinander brauchen und sich dann wieder versöhnten.

Über ihren beiden Köpfen schwankte ein rosa Lampion fast taktgleich zum Tango. Immer wieder huschten rosa Schatten über Mikas Gesicht. Hier war eindeutig zu viel Licht, fand Lilli und griff nach Mikas Hand, die immer noch seinen Seesack und Lillis Rucksack festhielt. Nur ein Schritt nach hinten, und ein dicker herunterhängender Eichenzweig würde den Schein des Lampions verdecken. Während Lilli noch innerlich Anlauf nahm zu einem mutigen Kuss, hatte Mika endlich seine Gepäckstücke fallen lassen. Mit beiden freien Händen wühlte er durch Lillis Haare und eine Sekunde später hatte Mikas perfekt geschwungener Mund den Weg zu Lillis Lippen gefunden. Kurzes Antasten, fester, die Eiche rauschte, die Lautsprecher seufzten. Lillimikamikalilli. L und M, herrliche Kussbuchstaben für Zunge und Lippen. Jetzt sollte der Moment stillstehen. Mika schmeckte nach Preiselbeeren und Vanille. Die fichtenduftenden Haare kitzelten Lilli über die geschlossenen Augenlider. Nicht aufhören!

Nur gedämpft hörte Lilli Järä Pulskas tiefen Bass, der die Melodie des Tangos mit einer wüsten Mischung aus finnischen und deutschen Wörtern mitsang: »Kioski keksi kussi! München Mädchen Märchen! Liebe, Love, *rakkaus*! Wir gehen jetzt nach Haus.«

Und gefühlte tausend Fichtennadelküsse später taten sie es auch alle. Da dämmerte allerdings schon der Morgen. Keiner machte sich Gedanken, wer sich mit wem welches Zimmer teilen würde. Järäs Vater ließ sich auf das Sofa im Wohnzimmer plumpsen. Sandra und Christian verschwanden in Lillis Zimmer. Nur Lilli und Mika saßen noch ewig auf dem Balkon. Mika zog plötzlich den kleinen Zettel aus der Tasche, den Lilli als Strafarbeit schreiben musste. Der Goethesche Dreizeiler. Er hatte ihn aus Bärs Buch gemopst, damals in der Pizzeria, als alle so gegrinst hatten über Lillis Dichtkunst und Bärs Begeisterung.

Zwei sind einer mit doppelter Kraft, nur wenn sie lieben.

Dann übten sie weiter das In-die-Augen-Schauen, bis sie ihnen beiden zufielen. Finnland konnte so nah sein.

Himmlisch süße Backrezepte

Schoko-Cupcakes mit Kirschfüllung

Für 12 Stück

Für den Teig:
1 Päckchen Vanillezucker
100 g Butter
125 g Zucker
2 Eier
150 g Mehl
1 Teelöffel Backpulver
1/4 Teelöffel Natron
1/4 Teelöffel Salz
30 g Kakaopulver
180 ml Milch
3 EL Grand Marnier (Orangenlikör)

Für die Füllung:
200 g Kirschen (frische oder aus dem Glas)
50 ml Wasser
3 EL Zucker
1 EL Stärkemehl
1 Päckchen Vanillezucker

Für das Topping:
200 ml Sahne
150 g Schokolade (Edelherb, 70% Kakaomasse)
1 Päckchen Vanillezucker
2 EL Zucker

Den Ofen auf 175 °C (160 °C Umluft) Grad vorheizen. Muffinblech mit Papierförmchen auslegen.

Teig:
Mehl, Kakao, Backpulver, Natron und Salz in eine Schüssel sieben und alles gut vermischen. Butter, Zucker, Eier und Vanille zu einer lockeren Masse verrühren. Mehl-Mischung und Milch abwechselnd unterrühren und alles zu einem gleichmäßigen Teig verarbeiten.
Teig auf die Muffinförmchen verteilen und bei 175 °C (oder 160 °C Umluft) 25 Min. backen.
Danach zunächst im Blech, dann auf einem Kuchengitter gut auskühlen lassen.

Füllung:
Die 12 schönsten Kirschen für die Deko beiseitelegen. Den Rest entsteinen und vierteln. Mit dem Wasser und der Vanille in einen Topf geben und ca. 10 Min. köcheln lassen. Mit einem Kartoffelstampfer die Kirschen ein wenig zerdrücken (nicht purieren).
Zucker und Stärke miteinander vermischen und in die Kirschen rühren. Ca. 20 Min köcheln lassen, bis die Masse eingedickt ist.

Aus den Cupcakes Kegel ausschneiden. Den entstandenen Hohlraum mit der Kirschmasse füllen. Von den Kegeln die Spitzen kappen und die so entstandenen Deckel auf die Kirschfüllung legen.

Topping:
Schokolade hacken und in eine Rührschüssel geben. Sahne in einem Topf erhitzen bis sich Blasen bilden.Schokolade und Vanille hinzu. Rühren bis sich die Schokolade vollständig aufgelöst hat. Dann alles gleichmäßig verrühren und gut abkühlen lassen.
Mit dem Handrührgerät aufschlagen. In einen Spritzbeutel geben und auf die Cupcakes spritzen. Kirschen auf das Topping legen.

Haferflockenkekse

125 g weiche Butter
150 g brauner Zucker
150 g Apfelmus
50 ml kochendes Wasser
280 g Mehl
1/2 TL Backpulver
130 g Haferflocken
1 Prise Salz

Den Ofen auf 180 °C vorheizen.

Butter und Zucker schaumig schlagen, das Apfelmus untermengen. Zusammen mit dem heißen Wasser schaumig schlagen.

Gesiebtes Mehl, Backpulver, Haferflocken und Salz mischen und unter die Butter-Zucker-Masse geben.

Backblech mit Backpapier auslegen, den Teig löffelweise daraufgeben und bei 180 °C ca. 15 Minuten backen.

Beeren-Cupcakes mit Frischkäse-Limetten-Topping

Für 12 Stück

150 g Butter
80 g Zucker
2 Eier
1 Päckchen Vanillezucker
1 Päckchen Backpulver
25 ml Limettensaft
250 ml Buttermilch
300 g Mehl
250 g Blaubeeren

Für das Topping:
600 g Doppelrahmfrischkäse
250 g Puderzucker
25 ml Limettensaft
Einige Blaubeeren
Limettenschale geraspelt

Den Ofen auf 170 °C vorheizen.
Ein Muffinblech mit Papierförmchen auslegen.

Zucker, Vanillezucker, Eier und Butter schaumig rühren. Buttermilch dazu und weiterrühren. Mehl mit Backpulver mischen so lange unterrühren bis alles verbunden ist. Dann Limettensaft zusammen mit den Blaubeeren einfach unter den Teig heben. In Muffinförmchen füllen und bei 170 °C ca. 20-25 Min. backen.

Cupcakes gut auskühlen lassen.

Aus Frischkäse, Limettensaft und Puderzucker eine glatte Masse rühren.
Dann die Masse mit einem Spritzbeutel auf die Cupcakes drapieren.
Die Cupcakes mit schönen Blaubeeren und Limettenraspeln garnieren.

Mandelkekse

200 g Mehl
1/4 TL Backpulver
150 g Zucker
150 g gemahlene Mandeln
200 g kalte Butter
1 Ei

Ausstecherle, eventuell in Elchform (es geht aber auch jede andere Form, zur Not reicht auch ein Schnapsglas zum Ausstechen)

Den Ofen auf 180 °C vorheizen.

Das gesiebte Mehl, Backpulver, Zucker und gemahlene Mandeln in eine Schüssel geben und mischen.

Kalte Butterstückchen darüber verteilen und das Ei zugeben. Den Teig mit den Händen glatt kneten und zur Kugel formen. Die Teigkugel für eine 1/2 Stunde in den Kühlschrank stellen.

Auf einer bemehlten Fläche den Teig ausrollen und Förmchen ausstechen.

Die Kekse auf ein mit Backpapier ausgelegtes Backblech legen und bei 180 °C ca. 12 bis 15 Minuten backen.
(Achtung: Je mehr Backgänge, umso schneller sind sie fertig.)

Käse-Mohn-Muffins

Für 12 Stück

3 Eier
175 g Zucker
125 g weicher Quark/Topfen
100 ml Öl
200 g Mehl
1 1/2 TL Backpulver
1 Prise Salz
100 g gemahlener Mohn
75 ml Milch
Puderzucker zum Bestreuen

Den Ofen auf 175 °C vorheizen.

Die Eier trennen. Eigelb mit dem Zucker schaumig rühren. Den Quark und das Öl nach und nach dazugeben. Mehl, Backpulver und Salz in eine Schüssel sieben, den Mohn dazugeben. Alles in die Ei-Zucker-Masse unterrühren und mit so viel Milch aufgießen, bis der Teig geschmeidig ist.

Das Eiweiß steif schlagen und unter die Teigmasse heben.

Ein Muffinblech mit Papierförmchen auslegen und die Teigmasse darauf verteilen. Ca. 25 Minuten bei 175 °C backen.
Danach zunächst im Blech, dann auf einem Kuchengitter auskühlen lassen.